COLLECTION FOLIO

Alan Bennett

La mise à nu des époux Ransome

*Traduit de l'anglais
par Pierre Ménard*

Denoël

Titre original :
THE CLOTHES THEY STOOD UP IN

© *Forelake Ltd., 1998.*
© *Éditions Denoël, 1999, pour la traduction française et
2010, pour la présente édition.*

Alan Bennett est né en 1934 à Leeds. Professeur de littérature médiévale à l'université d'Oxford, il embrasse finalement une carrière d'auteur, acteur, dramaturge, scénariste et humoriste. Il a marqué le théâtre, la télévision et la scène littéraire contemporaine britannique. Son œuvre sarcastique, qui met en scène toutes sortes de personnages dans leur vie quotidienne, a remporté un succès jamais démenti depuis plus de trente ans.

Les Ransome avaient été cambriolés. « Volés », dit Mrs Ransome. « Cambriolés », corrigea Mr Ransome. Le vol s'applique aux personnes, le cambriolage aux habitations. Mr Ransome exerçait la profession d'avoué et estimait que le choix des mots revêt une certaine importance. Pourtant, « cambriolés » n'était pas non plus le terme approprié. Les cambrioleurs trient, sélectionnent, ils emportent tel objet, négligent tel autre. Il y a tout de même une limite à leur capacité d'extorsion : ils s'intéressent rarement aux fauteuils, par exemple, et plus rarement encore aux canapés. Mais les leurs n'avaient pas fait dans la dentelle. Ils avaient tout emporté.

Les Ransome étaient allés à l'opéra, pour voir *Così fan tutte* (ou plus simplement *Così*, comme Mrs Ransome avait appris à le désigner). Mozart tenait un rôle important dans leur union. Ils n'avaient pas d'enfant et, sans Mozart, ils se seraient probablement séparés depuis de longues années. Mr Ransome prenait toujours un bain lorsqu'il rentrait à la maison, après son travail. Puis il passait à table. Après le dîner, il allait prendre un second bain, cette fois en compagnie de Mozart. Il s'immergeait, barbotait, se vautrait dans Mozart, jusqu'à ce que le petit Viennois l'ait nettoyé de toute la crasse, de toutes les saletés qu'il avait dû supporter au bureau, au cours de la journée. Ce soir-là, il était allé prendre un bain public à l'opéra de Covent Garden, où le hasard avait voulu qu'ils soient assis juste derrière le ministre de l'Intérieur. Lui aussi était là pour se détendre et oublier les soucis de la journée, auxquels les Ransome devaient modestement contribuer, ne serait-ce qu'au plan statistique.

Mais d'ordinaire, le soir, Mr Ransome jouissait de ce bain musical dans la plus complète solitude : Mozart s'adressait directement à lui par le biais de ses écouteurs et d'une impressionnante chaîne hi-fi, ultra-sophistiquée et réglée avec la plus extrême minutie, que Mrs Ransome n'avait pas le droit de toucher. Son épouse accusa d'ailleurs l'équipement d'être à l'origine du cambriolage, puisque ce sont des appareils de ce genre qui attirent avant tout les voleurs. Le vol d'une chaîne hi-fi est parfaitement banal. Celui d'une moquette l'est moins.

— Peut-être se sont-ils servis de la moquette pour envelopper la chaîne, dit Mrs Ransome.

Mr Ransome haussa les épaules et lui répondit qu'ils avaient plus vraisemblablement utilisé son manteau de fourrure à cet effet. Mrs Ransome se remit à pleurer.

Ce *Così* n'avait pas été mémorable. Mrs Ransome n'arrivait pas à suivre l'intrigue et Mr Ransome, qui ne s'était jamais donné cette peine, jugea que l'interprétation n'arrivait pas à la cheville des quatre enregistrements de l'opéra qu'il possédait. Quant à la mise en scène, elle l'empêchait toujours de se concentrer. « Ces chanteurs ne savent pas quoi faire de leurs bras », dit-il à sa femme au cours de l'entracte. Mrs Ransome songea que les bras n'étaient pas seuls en cause mais s'abstint d'en faire la remarque. Elle se demandait si le contenu de la marmite qu'elle avait laissée dans le four n'était pas en train de se dessécher, avec le thermostat sur 4. 3 n'aurait-il pas été suffisant ? Peut-être le plat s'était-il effectivement desséché, mais elle aurait pu s'épargner ces angoisses. Les voleurs avaient emporté le four, ainsi que la marmite.

Les Ransome occupaient un appartement dans un immeuble edwardien à la façade rouge sang, non loin de Regent's Park. L'endroit était bien situé, par rapport à la City, même si Mrs Ransome aurait parfois préféré un cadre plus excentré, s'imaginant vaguement en train de vaquer dans un jardin, une corbeille à la main. Elle n'était pourtant pas très douée dans ce domaine. Le saintpaulia que sa femme de ménage lui avait offert à Noël avait fini par rendre l'âme et elle avait dû le cacher le matin même dans l'armoire, hors de la vue de Mrs Clegg. Encore un effort dont elle aurait pu se dispenser. L'armoire avait disparu, elle aussi.

Ils connaissaient à peine leurs voisins et leur adressaient rarement la parole. Il leur arrivait parfois de croiser des gens dans l'ascenseur, les deux camps se contentant alors d'échanger des sourires prudents. Un jour, ils avaient invité les nouveaux locataires de leur palier à venir boire un sherry, mais l'homme, selon ses propres dires, « était un fan de variétés ». Quant à sa femme, elle avait été réceptionniste dans un cabinet dentaire et possédait une maison en multipropriété au Portugal. Bref, l'un dans l'autre, la soirée avait été épouvantable et ils n'avaient jamais renouvelé l'expérience. Ces derniers temps, les locataires semblaient se succéder à un rythme accéléré et l'ascenseur était de plus en plus capricieux. Les gens n'arrêtaient pas d'emménager et de déménager, certains étaient même d'origine arabe.

— On se croirait dans un hôtel, franchement, se plaignait Mrs Ransome.

— J'aimerais que tu te dispenses un jour de tous ces « franchement », répondait Mr Ransome. Ils n'ajoutent strictement rien au sens de tes phrases.

Il subissait assez ce qu'il appelait « ce jargon informe » dans le cadre de son travail. Le moins qu'il puisse exiger, lui semblait-il, était qu'on s'exprime sous son propre toit dans un anglais correct. C'est ainsi que Mrs Ransome, qui en temps ordinaire avait fort peu de choses à dire, parlait désormais de moins en moins souvent.

Lorsque les Ransome avaient emménagé à Naseby Mansions, l'immeuble pouvait s'enorgueillir de la présence d'un portier dont l'uniforme prune s'harmonisait avec la couleur de la façade. Il était mort un après-midi, en 1982, en appelant un taxi pour Mrs Brabourne, qui logeait au deuxième et lui avait cédé sa place dans le véhicule afin qu'on le transporte à l'hôpital. Aucun de ses successeurs n'avait manifesté dans son travail un zèle égal au sien, ni une telle fierté pour son uniforme, et cette fonction de portier avait fini par revenir au concierge, qui ne se montrait jamais sur le perron de l'immeuble, ni à vrai dire ailleurs, et restait terré dans son repaire — une arrière-cuisine derrière la chaufferie où il passait l'essentiel de ses journées, endormi dans un fauteuil abandonné par l'un des locataires.

Le soir en question, le concierge dormait donc, non pas dans son fauteuil habituel, mais plus étrangement au théâtre. Soucieux de fréquenter un milieu social un peu plus reluisant, il avait décidé de suivre des cours du soir pour adultes et choisi d'étudier la littérature anglaise. Un jour où l'occasion se présentait, il avait même déclaré au responsable du cours qu'il souhaitait devenir un lecteur chevronné. L'enseignant nourrissait quelques idées alléchantes, quoique imparfaitement formulées, concernant les rapports entre l'art et le milieu socioprofessionnel. Apprenant qu'il était concierge, il lui avait donné des billets pour la pièce du même nom[1], estimant que les aperçus qui en résulteraient ne manqueraient pas de stimuler le travail interactif du groupe. Le concierge ne fut pas plus enthousiasmé par cette soirée que les Ransome par leur *Così* et les aperçus qu'il en rapporta se révélèrent assez limités : « Comparé à la vie réelle d'un concierge, déclara-t-il au cours suivant, ça ne vaut pas un clou. » L'enseignant se consola en songeant que, même si le concierge n'en avait pas conscience, cette soirée avait tout de même pu ouvrir certaines portes. Sous cet angle, il n'avait pas tort : les portes en question étaient celles de l'appartement des Ransome.

La police finit par arriver, mais ce ne fut pas une mince affaire de les alerter. Il ne suffisait pas d'empoigner le téléphone, les voleurs s'en étaient déjà chargés. Ils avaient embarqué les trois appareils de la maison et découpé avec soin les plinthes où les prises étaient fixées. Comme personne ne répondait dans l'appartement d'en face (« Ils doivent être au Portugal, dit Mr Ransome, ou se trémousser dans un concert »), il se vit contraint de partir à la recherche d'une cabine téléphonique. Une qui soit libre, en tout

---

[1]. Il s'agit de la célèbre pièce de Pinter : *The Caretaker* (*Le Gardien*) (N. d. T.).

cas, ce qui n'avait rien d'évident depuis qu'elles faisaient également office de toilettes publiques. Les deux premières que dénicha Mr Ransome avaient même abdiqué leur fonction initiale et servaient uniquement d'urinoirs, leur téléphone ayant été arraché depuis longtemps. La solution, certes, aurait été d'avoir un portable, mais Mr Ransome avait résisté à cette innovation (qui, selon lui, « trahissait un manque d'organisation flagrant »), comme il résistait à la plupart des nouveautés, hormis celles qui concernaient la sphère du matériel stéréophonique.

Il erra le long des rues désertes en se demandant comment les gens se débrouillaient. Les pubs étaient fermés, le seul magasin ouvert était une laverie automatique dans laquelle il aperçut, à travers la vitrine, un appareil téléphonique. Mr Ransome ressentit cela comme un heureux coup du sort. N'ayant jamais eu l'occasion de fréquenter ce genre d'établissement, il ne s'était pas rendu compte qu'il était devenu aussi facile de laver ses vêtements ; mais, étant novice en matière de laveries automatiques, il n'était pas absolument certain que l'on puisse se servir du téléphone si l'on n'était pas en train de faire tourner l'une des machines. De toute façon, l'appareil était présentement entre les mains de l'unique occupant des lieux, une vieille femme emmitouflée dans deux manteaux qui, d'évidence, ne s'était pas servi d'une machine à laver depuis un certain temps. Ce dernier point encouragea Mr Ransome.

La vieille était debout, l'écouteur collé à son oreille crasseuse. Elle ne parlait pas, mais ne semblait pas réellement écouter non plus.

— Pouvez-vous vous dépêcher, s'il vous plaît, lui dit Mr Ransome. Il s'agit d'une urgence.

— Je suis dans le même cas, mon bon monsieur, dit la vieille. J'appelle Padstow. Le problème, c'est que ça ne répond pas.

— Je dois prévenir la police, dit Mr Ransome.

— Z'avez été agressé, hein? dit la vieille. Moi, on m'a agressée la semaine dernière. On est tous logés à la même enseigne, de nos jours. Le mien n'était qu'un môme. Ça sonne, là-bas, mais le couloir est long. En général, elles prennent une boisson chaude, à cette heure. Les religieuses, ajouta-t-elle à titre explicatif.

— Des religieuses? dit Mr Ransome. Vous êtes sûre qu'elles ne sont pas déjà couchées?

— Non. Elles restent debout toute la nuit, quand elles sont de service. Il y a toujours quelqu'un dont il faut s'occuper.

Son oreille restait rivée au téléphone, dont la sonnerie retentissait au fin fond de la Cornouaille.

— Ça ne peut pas attendre? demanda Mr Ransome qui voyait s'éloigner le camion emportant ses affaires, quelque part sur le M1. C'est vraiment une question de minutes.

— Je sais, dit la vieille, mais ces religieuses ont l'éternité devant elles. C'est ce qui fait leur charme, sauf quand il s'agit de répondre au téléphone. Je compte y faire une petite retraite en mai.

— Mais nous ne sommes qu'en février, dit Mr Ransome, et je…

— Il faut s'y prendre à l'avance, expliqua la vieille. Elles ne cherchent pas à vous embobiner et vous servent trois repas par jour, ça n'a donc rien d'étonnant. L'endroit sert de maison de repos aux religieux des deux sexes. On n'imaginerait pas que des nonnes aient besoin de vacances, c'est tout de même moins fatigant de prier que de conduire un autobus. Ça sonne toujours… Elles ont peut-être fini leur boisson chaude et regagné la chapelle. Je pourrais sans doute rappeler plus tard mais… (La vieille jeta un coup d'œil aux pièces qui attendaient, dans la main de Mr Ransome.) Mais je n'ai pas récupéré mes sous, ils sont toujours dans l'appareil.

Mr Ransome lui tendit une livre. La vieille s'empara aussi de la pièce de 50 pence, en lui disant :

— Z'avez pas besoin d'argent pour faire le 999, l'appel est gratuit.

Elle reposa le combiné et ses pièces retombèrent dans le réceptacle, mais Mr Ransome était tellement impatient de composer son numéro qu'il y prêta à peine attention. Plus tard seulement dans la soirée, assis sur le sol de la pièce qui avait été leur chambre, il lança à voix haute :

— Tu te souviens des anciens claviers téléphoniques ? Ils ont disparu, tu sais, je ne l'avais jamais remarqué.

— Tout a disparu, répondit Mrs Ransome en se méprenant sur le sens de sa remarque. Le ventilateur, le porte-savon… Ces gens sont inhumains. Franchement, ils ont même emporté la brosse des W.-C.

— Pompiers, police ou SAMU ? lança une voix féminine.

— Police, dit Mr Ransome.

Un silence s'ensuivit.

— Cette banane m'a requinqué, émit une voix masculine. Police, j'écoute.

Mr Ransome entama ses explications mais l'homme l'interrompit aussitôt.

— Y a-t-il une personne en danger ? demanda-t-il en mastiquant.

— Non, dit Mr Ransome, mais…

— Aucune menace physique ?

— Non, dit Mr Ransome, néanmoins…

— Ça se bouscule au standard, dit la voix. Ne quittez pas, je vous mets en attente.

Mr Ransome se retrouva en train d'écouter une valse de Strauss.

— Ils sont sans doute en train de prendre une boisson chaude, commenta la vieille qui, à en juger par l'odeur, se tenait toujours derrière lui.

— Excusez-moi, reprit la voix au bout de cinq minutes. Nous sommes en manuel pour l'instant, l'ordinateur a des ratés. Que puis-je pour vous ?

Mr Ransome lui expliqua qu'il avait été victime d'un cambriolage et lui donna son adresse.

— Vous êtes au téléphone ?

— Évidemment, dit Mr Ransome, mais…

— Quel est votre numéro ?

— Ils ont emporté tous les appareils, dit Mr Ransome.

— Comme d'habitude, dit la voix. C'étaient des portables ?

— Non, dit Mr Ransome. Il y en avait un au salon, un autre près du lit…

— Ne nous égarons pas dans les détails, interrompit la voix. D'ailleurs, se faire voler son téléphone, ce n'est pas la fin du monde. Quel était le numéro, déjà ?

Il était plus d'une heure du matin lorsque Mr Ransome regagna son domicile. Mrs Ransome, qui commençait à se ressaisir, se trouvait dans la pièce qui avait été leur chambre, assise le dos au mur à l'endroit où elle se serait normalement allongée si leur lit n'avait pas disparu. Elle avait abondamment pleuré pendant l'absence de Mr Ransome mais avait désormais séché ses larmes et décidé de prendre les choses du bon côté.

— Je te croyais mort, dit-elle à son mari.

— Mort ? Pourquoi ?

— Un malheur n'arrive jamais seul.

— J'étais dans l'une de ces laveries automatiques, si tu veux tout savoir. C'était épouvantable. Qu'est-ce que tu manges ?

— Une pastille pour la toux. Elle était dans mon sac.

La pastille provenait du sachet qu'elle emportait toujours lorsqu'ils allaient à l'opéra, Mr Ransome exigeant cette précaution depuis le jour où, victime d'une rhino-pharyngite, elle n'avait cessé de renifler pendant toute la représentation de *Fidelio*.

— Il en reste ?

— Non, dit Mrs Ransome avec un bruit de succion. C'était la dernière.

Mr Ransome se rendit aux toilettes, s'apercevant malheureusement trop tard que les cambrioleurs avaient poussé la conscience professionnelle jusqu'à emporter le rouleau de papier hygiénique, ainsi que son support.

— Il n'y a pas de papier, lui lança Mrs Ransome.

Il n'y avait plus un seul bout de papier dans l'appartement, en dehors du programme de *Così*. En le lui passant par l'entrebâillement de la porte, Mrs Ransome remarqua, non sans une certaine satisfaction, que son mari allait devoir s'essuyer le derrière avec un portrait de Mozart.

Aussi rigide que malaisée à manipuler, la brochure en papier glacé (sponsorisée par la banque Barclay's) était d'un contact peu agréable et se révéla inévacuable après usage. Mr Ransome eut beau tirer la chasse à trois reprises, le regard farouche de Sir Georg Solti continua de le fixer d'un air désapprobateur au fond de la cuvette.

— Ça va mieux ? demanda Mrs Ransome.

— Non, répondit son mari en allant s'adosser à côté d'elle.

Toutefois, comme la plinthe lui rentrait dans le dos, Mrs Ransome ne tarda pas à changer de position et s'allongea perpendiculairement à son mari, la tête posée sur sa cuisse — situation qu'ils n'avaient plus connue depuis de nombreuses années. Tout en se disant qu'il s'agissait là d'un cas de force majeure, Mr Ransome trouvait cette position aussi embarrassante qu'inconfortable, mais elle convenait visiblement à son épouse, qui sombra presque aussitôt dans le sommeil, le laissant fixer d'un œil maussade le mur opposé, où se découpait une fenêtre désormais privée de rideaux : il remarqua avec étonnement que les voleurs avaient même pris soin d'emporter les anneaux.

Il était plus de 4 heures du matin lorsque les policiers se présentèrent enfin : un gros homme d'âge mûr sanglé dans un imperméable, qui déclara être inspecteur, et un jeune policeman en uniforme qui ne déclara rien, malgré son expression sensible.

— Vous avez pris votre temps, dit Mr Ransome.

— Oui, dit l'inspecteur. Nous aurions dû arriver plus tôt mais nous avons eu un léger… pépin, comme on dit. Nous avons sonné à la mauvaise porte. C'est la faute de mon assistant. Il a vu sur la plaque le nom de Hanson et...

— Non, dit Mr Ransome. Ransome.

— Oui, nous nous en sommes aperçus... un peu tard. Vous venez d'emménager, c'est ça ? ajouta l'inspecteur en parcourant les murs nus du regard.

— Non, dit Mr Ransome. Nous habitons ici depuis plus de trente ans.

— Et vous aviez des meubles ?

— Évidemment, dit Mr Ransome. C'était un appartement normal.

— Il y avait un canapé, des fauteuils, une horloge, intervint Mrs Ransome. Nous avions tout.

— La télévision ? demanda timidement le policeman.

— Oui, dit Mrs Ransome.

— Sauf que nous ne la regardions pas souvent, dit Mr Ransome.

— Un magnétoscope ?

— Non, dit Mr Ransome. La vie est assez compliquée comme ça.

— Une chaîne hi-fi ?

— Oui, répondirent d'une seule voix Mr et Mrs Ransome.

— Et ma femme avait un manteau de fourrure, ajouta Mr Ransome. Ma compagnie d'assurances possède la liste de tous nos objets de valeur.

— Dans ce cas, dit l'inspecteur, il n'y a pas de problème. Je vais examiner les lieux, si ça ne vous ennuie pas, pendant que Partridge notera tout cela en détail. Les voisins d'en face ont-ils aperçu les auteurs de l'effraction ?

— Ils sont au Portugal, dit Mr Ransome.

— Et le concierge ?

— Sans doute au Portugal lui aussi, dit Mr Ransome. Il montre rarement le bout de son nez.

— Comment écrivez-vous Ransome ? demanda le policeman. Avec ou sans « e » ?

— Partridge est l'une de nos nouvelles recrues, fraîchement diplômé, dit l'inspecteur en examinant la porte d'entrée. Je vois que le verrou n'a pas été forcé. Il grimpe vite les échelons. Vous n'auriez pas une tasse de thé, par hasard ?

— Non, répondit sèchement Mr Ransome. Pour la bonne raison que nous n'avons plus de théière. Sans parler des sachets qui vont avec.

— Je suppose que vous souhaitez l'aide d'une conseillère, dit le policeman.

— D'une *quoi* ?

— Quelqu'un qui vient causer avec vous en vous tapotant l'épaule, dit l'inspecteur en examinant la fenêtre. Partridge pense que c'est important.

— Nous sommes tous des êtres humains, dit le policeman.

— Je suis avoué, dit Mr Ransome.

— Dans ce cas, dit l'inspecteur, votre dame pourrait peut-être essayer. Pour ne pas contrarier Partridge.

Mrs Ransome esquissa un sourire d'encouragement.

— Je coche « oui », dit le policeman.

— Ils n'ont rien laissé derrière eux, n'est-ce pas ? demanda l'inspecteur en reniflant, dressé sur la pointe des pieds et en passant son doigt sur la moulure du mur.

— Non, dit Mr Ransome avec irritation. Pas le moindre objet. Comme vous pouvez le constater.

— Je ne faisais pas allusion à vos effets personnels, dit l'inspecteur, mais à quelque chose qu'ils auraient pu laisser, *eux*. (Il renifla une nouvelle fois, d'un air suspicieux.) Une carte de visite…

— Une carte de visite ? répéta Mrs Ransome.

— Des excréments, précisa l'inspecteur. Les cambrioleurs travaillent sous tension. En pleine besogne, ils éprouvent fréquemment l'envie de soulager leurs intestins.

— Ce qui revient au même, inspecteur, dit le policeman.

— Qu'est-ce qui revient au même, Partridge ?

— Faire sa besogne et soulager ses intestins, dit le policeman. En France par exemple, on dit poser une borne, ou couler un bronze.

— Oh… C'est donc ça qu'on vous apprend à Leatherhead, dit l'inspecteur. Partridge est diplômé de l'école de police.

— C'est l'équivalent d'une université, expliqua le policeman, sauf qu'on ne porte pas d'écharpe.

— Quoi qu'il en soit, reprit l'inspecteur,

mieux vaut s'en assurer. Je veux parler des excréments. Les voleurs font parfois preuve à ce sujet d'une imagination sans bornes. J'ai enquêté un jour sur un cambriolage, à Pangbourne, où les types avaient laissé leur carte à deux mètres du sol, dans une applique du XVIIIe siècle. Un peu plus et ils auraient décroché le trophée du duc d'Édimbourg.

— Vous ne l'avez peut-être pas remarqué, dit Mr Ransome avec humeur, mais il n'y a pas d'applique, ici.

— Un autre, à Guildford, a fait ça dans un pot de lavande et de fleurs séchées.

— Cela devait comporter une part d'ironie, dit le policeman.

— Vraiment ? dit l'inspecteur. Et moi qui pensais avoir affaire à un enfoiré d'escroc souffrant de troubles intestinaux… Mais puisque nous en sommes à parler de fonctions naturelles, je crois que je vais moi-même aller me soulager avant de prendre congé.

Mr Ransome réalisa trop tard qu'il aurait dû le prévenir et partit se réfugier à la cuisine.

L'inspecteur revint en hochant la tête.

— Eh bien, nos amis ont au moins eu la décence d'utiliser les toilettes, mais ils les ont laissées dans un état dégoûtant. Jamais je n'aurais imaginé qu'il m'arriverait un jour de lâcher la bonde sur le visage de Dame Kiri Te Kanawa. Son interprétation de *West Side Story* est l'un des joyaux de ma collection.

— Pour être honnête, dit Mrs Ransome, c'est mon mari qui en est responsable.

— Voyez-vous ça, dit l'inspecteur.

— Responsable de quoi ? dit Mr Ransome en réapparaissant dans la pièce.

— Non, de rien, dit sa femme.

— Vous pensez pouvoir les arrêter ? demanda Mr Ransome après avoir raccompagné les deux policiers à la porte.

L'inspecteur éclata de rire.

— Un miracle est toujours possible, y compris dans le monde judiciaire. Vous ne connaissez personne qui aurait une dent contre vous, par hasard ?

— Je suis avoué, dit Mr Ransome. C'est une possibilité.

— Et il ne pourrait pas s'agir d'une plaisanterie ?

— D'une *plaisanterie* ? dit Mr Ransome.

— Ce n'est qu'une idée, dit l'inspecteur. Mais s'il s'agit d'un professionnel, je peux vous certifier une chose : il reviendra.

Le policeman acquiesça gravement, d'un hochement de tête. Même à Leatherhead, cette thèse faisait l'objet d'un évident consensus.

— Il *reviendra* ? dit Mr Ransome d'une voix amère, en parcourant du regard l'appartement vide. Mais pour emporter quoi, bordel de merde ?

Mr Ransome jurait très rarement et Mrs Ransome, qui était restée dans l'autre pièce, fit mine de ne rien avoir entendu. La porte se referma.

— Des incompétents, fulmina Mr Ransome en la rejoignant. De véritables incompétents. Il y a de quoi vous faire sortir de vos gonds.

— Eh bien, dit Mrs Ransome quelques heures plus tard, il va falloir camper un certain temps. Après tout, ajouta-t-elle sans paraître exagérément affectée, ce sera peut-être amusant.

— Amusant ? dit Mr Ransome. *Amusant ?*

Il n'était pas lavé, pas rasé, il avait le derrière en compote et s'était contenté pour le petit déjeuner d'un filet d'eau froide, au robinet de l'évier.

Toutefois, aucun des arguments qu'aurait pu avancer Mrs Ransome ne l'aurait empêché de se rendre héroïquement à son travail. Elle savait du reste instinctivement que, même dans ces circonstances sans précédent, son rôle consistait à flatter le noble dévouement de son mari.

Pourtant, en se retrouvant seule dans l'appartement vide après son départ, Mrs Ransome regretta un peu son absence, errant d'une pièce à l'autre sans trop savoir par quel bout commencer. Elle décida de faire une liste mais se souvint presque aussitôt qu'elle n'avait plus ni stylo ni papier pour la rédiger. Elle descendit donc afin d'en acheter chez le marchand de journaux et découvrit — chose qu'elle n'avait jamais remarquée précédemment — qu'un café se trouvait juste à côté. L'établissement servait apparemment des petits déjeuners et bien qu'elle se sentît un peu déplacée dans sa tenue de soirée de la veille, au milieu des chauffeurs de taxi et des coursiers qui formaient l'essentiel de la clientèle, personne ne fit trop attention à elle. La serveuse la gratifia même d'un « Tenez, ma poule » en lui passant un exemplaire du *Mirror*, pendant qu'elle attendait son bacon, ses œufs, ses haricots blancs à la tomate et ses tranches de pain grillées. En temps normal, jamais elle ne lisait un tel journal ; mais il est vrai qu'elle ne prenait pas davantage du bacon, des œufs, des haricots et du pain grillé pour son petit déjeuner. Et elle fut bientôt tellement passionnée par les ragots sur les écarts de conduite de la famille royale colportés par le quotidien qu'elle cala celui-ci contre la bouteille de ketchup, de manière à poursuivre sa lecture en mangeant — oubliant du même coup que c'était avant tout pour rédiger sa liste qu'elle avait atterri dans ce café.

Ne l'ayant pas faite, elle effectua ses achats dans le plus complet désordre. Elle se rendit d'abord chez Boots, où elle acheta des rouleaux de papier hygiénique, ainsi que des assiettes et des verres en carton, mais elle oublia le savon. Lorsqu'elle s'en souvint et retourna en chercher, elle oublia les sachets de thé, et lorsqu'elle se souvint des sachets de thé, elle oublia les serviettes en papier. Comme elle était déjà à mi-chemin de chez elle chaque fois qu'elle devait ainsi revenir sur ses pas, elle ne tarda pas à se sentir épuisée.

Ce fut durant le troisième de ces allers et retours de plus en plus horripilants (elle avait à présent oublié les couverts en plastique) que Mrs Ransome se risqua à pénétrer chez Mr Anwar. Elle était passée maintes fois devant le magasin, qui se trouvait à mi-chemin de son domicile et de St John Wood's High Street, et se souvenait même parfaitement du jour où il avait ouvert ses portes, remplaçant la boutique de nouveautés et de vêtements pour enfants dont elle avait été une fidèle cliente. Elle était alors tenue par une certaine Miss Dorsey, à qui elle achetait de temps en temps un napperon ou une pelote de laine, mais aussi, de manière beaucoup plus régulière, ces petits sachets de papier brun contenant ce que l'on désignait à l'époque sous le terme de « serviettes ». La fermeture de la boutique, à la fin des années 60, avait plongé Mrs Ransome dans un gouffre d'angoisse et de perplexité et, s'étant hasardée chez Timothy White, elle avait découvert avec une réelle surprise que l'industrie dans ce domaine intime avait récemment fait des progrès étonnants, que ne reflétait pas le stock vieillissant de Miss Dorsey — dont Mrs Ransome, dernier membre d'une clientèle déclinante, avait pratiquement été l'unique consommatrice. Elle était de la vieille école, elle ne l'ignorait pas, mais son snobisme en était également responsable : Mrs Ransome trouvait tout de même un peu plus « chic » que Miss Dorsey lui tende sans un mot son article par-dessus le comptoir, en se fendant d'un sourire patient et résigné (« notre fardeau à toutes », y lisait-on), plutôt que de le prendre elle-même sur une étagère, dans l'atmosphère de promiscuité qui régnait chez Timothy White. D'ailleurs Timothy White, absorbé par Boots, ne tarda pas à suivre le même chemin que Miss Dorsey. Même si Boots, selon elle, était d'un niveau légèrement supérieur à la pharmacie la plus proche, dont l'aspect n'avait décidément rien de « chic ».

Lorsque Miss Dorsey mit un terme définitif à ses activités (on la retrouva un après-midi étendue en travers de son comptoir, victime d'une crise cardiaque), le magasin resta quelque temps inoccupé. Puis, y passant un matin pour rejoindre High Street, Mrs Ransome s'aperçut que la boutique avait été reprise par un épicier pakistanais et que, devant la vitrine, le trottoir jusqu'alors désertique (à peine y apercevait-on de temps à autre la poussette d'une cliente) était à présent jonché de cagettes débordant de fruits et de légumes étranges — ignames, mangues et autres papayes — ainsi que d'innombrables sacs contre lesquels, de l'avis de Mrs Ransome, les chiens n'avaient que trop latitude de lever la patte.

C'était donc en partie par loyauté envers Miss Dorsey, mais aussi parce qu'elle n'avait pas l'usage de semblables produits, que Mrs Ransome ne s'était jamais aventurée dans la boutique jusqu'à ce matin-là — où, pour s'épargner un énième aller-retour, elle s'était dit qu'elle pourrait toujours leur demander s'ils vendaient du cirage (il y avait des nécessités plus urgentes, elle aurait été la première à le reconnaître, mais Mr Ransome se montrait très exigeant quant à l'entretien de ses chaussures). Bien qu'une vingtaine d'années se fussent écoulées, l'intérieur de la boutique n'avait quasiment pas changé depuis l'époque de Miss Dorsey : hormis l'adjonction d'un congélateur et de quelques armoires frigorifiques, Mr Anwar s'était contenté d'adapter les meubles existants à leur nouvelle destination. Les tiroirs qui avaient contenu les discrets accessoires d'une vie désœuvrée — modèles de tricot, crochets, dentelles — abritaient à présent des *nans* et de la *pitta* ; les épices avaient remplacé les bonnets et les chaussons sur les étagères ; et les vastes tiroirs où l'on rangeait jadis des bas et des sous-vêtements débordaient maintenant de riz et de pois chiches.

Mrs Ransome songea qu'il était peu probable que ces gens vendent du cirage (portaient-ils seulement des chaussures normales ?) mais elle était tellement fatiguée qu'elle décida tout de même de leur poser la question. Elle eut toutefois un instant d'hésitation : comme elle désirait (ou que Mr Ransome exigeait) une teinte sang de bœuf, elle se demanda si cela ne risquait pas de heurter leurs convictions religieuses. Mais le jovial et grassouillet Mr Anwar alla lui chercher plusieurs boîtes pour qu'elle fasse son choix ; et, tandis qu'elle s'apprêtait à payer, elle aperçut une brosse à ongles dont ils allaient avoir besoin ; et les tomates étaient appétissantes, ainsi que les citrons... Et tant qu'elle y était, puisque la boutique vendait aussi des articles de ménage, elle décida d'investir dans une passoire. Tout en déambulant ainsi à travers les rayons, Mrs Ransome — qui d'ordinaire n'était pas d'un naturel particulièrement expansif — se mit à raconter à l'aimable et bedonnant épicier les circonstances qui la contraignaient à acheter des objets aussi disparates. Le commerçant hochait la tête et souriait d'un air compatissant, non sans lui suggérer l'acquisition d'autres articles qui risquaient de lui faire cruellement défaut et qu'il se chargeait avec joie de lui fournir.

— Ils ont tout embarqué, ces vauriens. Vous ne devez plus savoir où vous en êtes. Mais vous allez avoir besoin de ce détergent, et d'une de ces plaquettes qui embaument si joliment les toilettes.

Elle finit ainsi par acheter une bonne douzaine d'articles, trop encombrants pour qu'elle puisse les emporter : mais là encore, Mr Anwar avait la solution de son problème. Il alla chercher son petit garçon à l'étage (Mrs Ransome espérait qu'elle ne l'avait pas tiré de l'étude du Coran) et celui-ci l'accompagna jusque chez elle, coiffé d'une petite calotte blanche, en portant ses achats dans un carton.

— Il doit s'agir d'articles d'occasion, commenta un peu plus tard Mr Ransome. C'est comme cela qu'ils font leur bénéfice.

Mrs Ransome ne voyait pas très bien comment on pouvait se procurer du cirage d'occasion, mais s'abstint d'en faire la remarque.

— Ils se chargent des livraisons, étrangement, dit-elle.

— Tu veux dire, rétorqua Mr Ransome, que tu *t'étonnes* qu'ils le fassent. (Il était coutumier de ce genre de remarque.) Telle que tu l'as formulée, ta phrase signifie qu'ils ont *une étrange* façon de faire leurs livraisons. (Ce qui, du reste, était sans doute exact.)

— En tout cas, ajouta prudemment Mrs Ransome, il reste ouvert jusqu'à dix heures du soir.

— Il peut se le permettre, dit Mr Ransome. Il n'a sans doute pas de salaire à payer. Tu ferais mieux de t'en tenir à Marks and Spencer.

Ce que fit Mrs Ransome, de manière générale. Même si, à l'occasion, elle retournait dans la boutique et s'achetait une mangue ou une papaye pour le déjeuner : modestes aventures, il est vrai, mais qui n'en constituaient pas moins autant d'infractions, de timides explorations, et dont — ne le connaissant que trop — elle s'abstint de révéler l'existence à son époux.

Les Ransome avaient peu d'amis et recevaient rarement, Mr Ransome estimant qu'il voyait suffisamment de monde à son goût dans le cadre de son travail. Les rares fois où Mrs Ransome croisa par hasard une de leurs connaissances et se risqua à évoquer l'épouvantable aventure dont ils avaient été victimes, elle fut surprise de constater que tout le monde, apparemment, avait une histoire de vol à raconter. Aucune selon elle n'avait l'ampleur ni le caractère traumatisant de la leur — ce qui aurait dû inspirer plus de modestie aux victimes de ces moins extravagants larcins — mais, visiblement, le souci d'une telle comparaison entrait peu en ligne de compte : ses amis enduraient stoïquement son histoire, la considérant comme un simple prélude à la leur. Elle demanda un soir à Mr Ransome s'il avait fait le même constat.

— Oui, répondit-il sèchement. On en viendrait à croire que cela arrive tous les jours.

Ce qui, bien sûr, ne pouvait pas être le cas, il en était convaincu, attendu le caractère excessif, absolu, radical et pour tout dire épique de leur propre mésaventure.

— Ils ont tout emporté, avait dit Mr Ransome à Gail, sa secrétaire depuis de longues années. Ils n'ont absolument rien laissé, pas le moindre objet.

Gail était une grande femme squelettique, dont la morosité convenait parfaitement à Mr Ransome, qui ne supportait guère ce qu'il appelait la « légèreté » — c'est-à-dire la féminité. Si Gail avait été plus « légère », peut-être aurait-elle manifesté davantage de compassion, mais comme tout le monde, elle avait une histoire de vol en réserve… Elle s'étonna tout d'abord que cela ne leur soit pas arrivé plus tôt, vu que la plupart des gens qu'elle connaissait avaient été cambriolés au moins une fois. Son beau-frère, qui était pédicure à Ilford, l'avait même été à deux reprises : à la seconde occasion, une voiture avait défoncé le mur de leur salon pendant qu'ils regardaient la télévision.

— Ce qu'il faut surveiller de près, ce sont les conséquences du traumatisme, qui varient selon les individus. Il arrive fréquemment, semble-t-il, que l'on perde ses cheveux à la suite d'un cambriolage. Et ma sœur a été victime d'une terrible poussée d'eczéma. Notez bien, poursuivit Gail, que ce sont toujours des hommes.

— Toujours des hommes ? répéta Mr Ransome.

— Qui cambriolent.

— Ma foi, il arrive que des femmes volent dans les magasins, dit Mr Ransome.

— Pas à une telle échelle, dit Gail. Elles ne vident pas les rayons.

N'ayant pas la certitude d'avoir eu le dernier mot dans cette discussion, Mr Ransome ressentit un mélange d'irritation et de mécontentement. Aussi alla-t-il trouver Mr Pardoe, qui travaillait dans le cabinet voisin, sur le même palier — mais sans plus de succès.

— Ils ont tout embarqué ? Eh bien, estimez-vous heureux d'avoir été absents. Mon dentiste et son épouse sont restés ligotés sept heures durant et ont bien cru un moment que leurs agresseurs allaient les violer. Ils portaient des cagoules, des talkies-walkies. C'est devenu une véritable industrie, de nos jours. Si vous voulez mon avis, tous ces types, il faudrait les castrer.

Ce soir-là, Mr Ransome sortit un dictionnaire de son attaché-case, l'un et l'autre nouvellement acquis. Le dictionnaire était le livre préféré de Mr Ransome.

— Que fais-tu ? demanda Mrs Ransome.

— Je cherche ce que signifie « la totale ». Je suppose que c'est l'équivalent de « tout le bataclan ».

Au cours de la semaine suivante, Mrs Ransome rassembla un équipement rudimentaire — deux lits de camp, des draps et des serviettes, une petite table et deux chaises pliantes. Elle acheta aussi deux « balles de haricots », comme elle les appelait (bien que la boutique les désignât autrement), et qui avaient apparemment un certain succès, y compris auprès des gens qui n'avaient pas été cambriolés et choisissaient délibérément de s'asseoir à même le sol. Ils disposaient également (ce fut la contribution de Mr Ransome) d'un lecteur de CD portatif et d'un enregistrement de *La Flûte enchantée.*

Depuis toujours, Mrs Ransome adorait courir les magasins : aussi la nécessité où ils se trouvaient de réinvestir dans le mobilier et les objets indispensables à la vie courante n'était-elle pas sans lui procurer un certain plaisir, même si l'urgence ne lui laissait pas vraiment le temps de choisir. Jusqu'à ce jour, le matériel électrique avait toujours été acheté par Mr Ransome, ou sous sa supervision directe — consigne qui s'étendait à des objets comme l'aspirateur, dont il ne se servait jamais, ou le lave-vaisselle, qu'il se souciait rarement de remplir. Toutefois, attendu le contexte particulier consécutif au cambriolage, Mrs Ransome obtint carte blanche et se vit autorisée à acheter tout le matériel qui lui semblait nécessaire, électrique ou non. Et, non contente d'acquérir une bouilloire électrique, elle alla jusqu'à faire l'emplette d'un four à micro-ondes, innovation contre laquelle Mr Ransome avait longtemps résisté, n'en voyant pas la nécessité.

Le fait que la plupart de ces articles (les balles de haricots, par exemple) n'étaient là qu'à titre provisoire et qu'ils devaient s'en débarrasser après avoir touché le montant de l'assurance et acquis un mobilier plus définitif, ne diminuait en rien le discret entrain avec lequel Mrs Ransome les accumulait. De surcroît, cette phase transitoire allait probablement durer un certain temps : leur contrat d'assurance ayant été volé, comme le reste de leurs archives, leurs indemnités — sans être remises en cause — risquaient de leur être versées avec quelque retard. Entretemps, ils se voyaient contraints de mener une existence ascétique qui, aux yeux de Mrs Ransome, n'était pas sans présenter un certain charme.

— Nous campons, en attendant, dit Mr Ransome.

— Il vous reste à peine de quoi remplir une valise, dit Croucher, son courtier d'assurances.

— Même pas, dit Mr Ransome. Nous n'avons plus de valises.

— Vous ne croyez pas qu'il pourrait s'agir d'une plaisanterie ?

— On n'arrête pas de me dire ça, dit Mr Ransome. Les plaisanteries ont dû changer, depuis mon époque. Autrefois, elles étaient censées être drôles.

— Quel genre d'équipement stéréo aviez-vous ? demanda Croucher.

— Oh, le haut de gamme, dit Mr Ransome. Le fin du fin. J'ai encore les factures quelque part... mais non, bien sûr. J'oubliais...

C'était un lapsus, mais peut-être valait-il mieux que les factures aient disparu en même temps que l'équipement concerné, car Mr Ransome ne disait pas tout à fait la vérité. Son matériel stéréo ne représentait pas réellement le fin du fin — quel matériel, d'ailleurs, mérite-t-il ce titre ? L'industrie du son n'a rien de statique et il est bien rare qu'une semaine s'écoule sans qu'intervienne une nouvelle avancée technique. Avide lecteur de magazines spécialisés dans la hi-fi, Mr Ransome apercevait régulièrement des publicités vantant tel ou tel raffinement dont il aurait bien voulu enrichir ses expériences acoustiques. Si dévastateur se soit-il révélé, le cambriolage allait lui permettre de réaliser ce rêve. Ce fut donc en entrevoyant les avantages potentiels de sa perte que cet homme au caractère on ne peut plus rigide commença, fût-ce en maugréant, de se ressaisir.

Mrs Ransome voyait elle aussi le bon côté des choses, mais cela correspondait davantage à son tempérament. Lorsqu'ils s'étaient mariés, ils s'étaient encombrés de tout l'équipement nécessaire à un foyer bien organisé. Ils possédaient un vaisselier complet, un service à thé, des serviettes et des nappes assorties. Ils avaient des assiettes à dessert, des verres et des plats à gâteaux à ne plus savoir qu'en faire. Des dessous-de-plat pour le service, des dessous de verre pour l'apéritif, des chemins de table pour le dîner. Des serviettes pour les invités et des torchons assortis pour l'évier, ainsi que pour la salle de bains et les W.-C. Ils avaient des couteaux à dessert, des couteaux à poisson et des kyrielles d'autres couteaux, ainsi que de minuscules truelles en ivoire et en argent dont Mrs Ransome n'avait jamais très bien compris la fonction. Et pour couronner le tout, une énorme ménagère munie de plusieurs tiroirs, qui recelaient suffisamment de couteaux, de cuillères et de fourchettes pour une tablée de douze personnes. Mr et Mrs Ransome ne recevaient jamais douze personnes à dîner. Ils ne donnaient d'ailleurs jamais de réceptions. Ils utilisaient fort peu les serviettes du service, parce qu'ils n'avaient jamais d'invités. Ils s'étaient coltiné tout ce bazar pendant leurs trente-deux ans de mariage sans que Mrs Ransome en comprenne jamais la raison — et à présent ils en étaient débarrassés. Sans savoir exactement pourquoi, alors qu'elle rinçait leurs deux tasses dans l'évier, Mrs Ransome se mit brusquement à chanter.

— Sans doute vaut-il mieux partir de l'hypothèse que vos affaires ont définitivement disparu et que vous ne les reverrez jamais, dit Croucher. Peut-être le voleur rêvait-il d'un appartement bourgeois parfaitement équipé et a-t-il choisi le plus court chemin pour se le procurer.

Mr Ransome l'avait raccompagné à la porte.

— Je vous adresserai un chèque dès que cela sera possible. Vous pourrez alors commencer à reconstituer le cadre de votre vie. Votre épouse semble ne pas avoir trop mal pris la chose.

— C'est exact, dit Mr Ransome. Mais elle a pris sur elle.

— Aucun bijou de valeur, ou quoi que ce soit d'approchant ?

— Non, elle n'a jamais été très portée sur ce genre de babioles, dit Mr Ransome. Dieu merci, elle avait mis son collier de perles pour aller à l'opéra.

— Elle avait un collier ce soir, dit Croucher. Un peu voyant, à mon avis.

— Vraiment ?

Mr Ransome ne l'avait pas remarqué. Lorsqu'ils s'assirent devant leur table pliante pour le dîner, il demanda à son épouse :

— Je ne crois pas avoir déjà vu ce collier ? Je me trompe ?

— Non. Il te plaît ? Je l'ai acheté chez l'épicier.

— Chez *l'épicier* ?

— La boutique pakistanaise. Il ne coûtait que 75 pence. Je ne peux pas porter mes perles en permanence.

— Il a l'air de sortir d'une pochette-surprise.

— Je trouve qu'il me va bien. J'en ai acheté deux. L'autre est dans les tons verts.

— Que sommes-nous en train de manger ? Des rutabagas ?

— Des patates douces. Comment les trouves-tu ?

— Où les as-tu achetées ?

— Chez Marks and Spencer.

— Elles sont excellentes.

Deux semaines après le cambriolage (tout datait désormais de cet événement), Mrs Ransome était assise sur sa balle de haricots, les jambes étendues devant le radiateur électrique, et contemplait ses escarpins passablement usés en se demandant ce qu'elle allait faire maintenant. Tout se passait un peu comme pour un décès, songea-t-elle : au début, il y a tant de choses à faire — et puis après, plus rien.

Pourtant (dans le prolongement des réflexions qu'elle s'était faites devant l'évier), Mrs Ransome commençait d'entrevoir que le fait d'avoir été aussi soudainement — et aussi totalement —

dépouillée de ses biens lui offrait une contrepartie qu'elle aurait hésité à qualifier de spirituelle mais qui, plus abruptement, pouvait être rangée dans la catégorie des épreuves destinées à vous « forger le caractère ». On avait, littéralement, retiré le tapis sous ses pieds et il lui semblait que cela devait l'amener à une réflexion salutaire concernant la manière dont elle avait jusqu'alors mené sa vie. Jadis, la guerre — ou toute autre rupture violente dans le cours des événements, ne lui laissant aucun choix — aurait bien sûr pu la sauver : et même si ce qui venait de lui arriver n'avait pas l'ampleur d'une telle catastrophe, elle se rendait compte que c'était à elle d'en tirer le meilleur parti. Elle allait pouvoir fréquenter les musées, songeait-elle, les galeries d'art, se documenter sur l'histoire de Londres : il existait toutes sortes de cours, de nos jours — des cours qu'elle aurait parfaitement pu suivre avant d'être privée de tout ce qu'elle possédait, sauf que c'était justement ces possessions, elle en avait l'intuition, qui l'en avaient jusqu'alors empêchée. Maintenant, elle allait pouvoir s'y mettre. Et donc, affalée sur sa balle de haricots, au milieu du parquet dénudé de son ancien salon, Mrs Ransome découvrit qu'elle n'était pas malheureuse, que sa situation présente avait une réalité bien plus grande et que, indépendamment du confort que chacun est en droit d'attendre, ils allaient désormais pouvoir mener une vie moins douillette...

Elle en était là de ses réflexions lorsque la sonnette retentit à l'entrée.

— Ici Briscoe, dit une voix dans l'interphone. Votre conseillère…

— Nous sommes déjà assurés, dit Mrs Ransome.

— Non, dit la voix. C'est la police qui m'envoie. Pour le traumatisme. Suite au cambriolage.

Sachant que c'était la police qui leur avait adressé cette conseillère, Mrs Ransome s'attendait à quelqu'un de… disons, de plus rétrograde. Miss Briscoe n'avait rien de rétrograde, en dehors peut-être de son prénom, dont elle se débarrassa d'ailleurs à peine arrivée sur le palier.

— Non, non, appelez-moi Dusty, comme tout le monde.

— On vous a vraiment baptisée ainsi ? demanda Mrs Ransome. Ou est-ce un simple surnom ?

— Non, en réalité je m'appelle Brenda, mais je ne tiens pas à faire fuir les gens.

Mrs Ransome ne voyait pas très bien comment, même s'il était exact qu'elle n'avait pas une tête à s'appeler Brenda. Quant à savoir si Dusty correspondait mieux à son physique, elle n'aurait su le dire, n'ayant jamais rencontré à ce jour une personne affublée d'un tel prénom.

C'était une grande fille un peu épaisse. Au lieu d'une robe elle avait opté, non sans sagesse peut-être, pour une blouse accompagnée d'un cardigan si ample et si long qu'il faisait presque office de jupe. Son carnet et son agenda dépassaient de l'une des poches ; l'autre béait, déformée par un téléphone portable. Considérant le fait qu'elle travaillait pour les autorités, Mrs Ransome trouva que Dusty avait une apparence un peu négligée.

— Vous êtes donc Mrs Ransome ? Rosemary Ransome ?

— Oui.

— Et c'est comme ça que les gens vous appellent ? Rosemary ?

— Ma foi, oui.

À supposer qu'ils se donnent cette peine, songea Mrs Ransome.

— Je me demandais si on ne disait pas Rose, ou Rosie…

— Oh, non.

— Votre mari vous appelle Rosemary ?

— Eh bien oui, dit Mrs Ransome, je suppose qu'il s'exprime ainsi.

Elle alla brancher la bouilloire, ce qui permit à Dusty de noter sa première remarque : « Question : le cambriolage est-il le véritable problème, ici ? »

Lorsque Dusty avait entamé sa carrière de conseillère, on employait le terme de « cas » pour désigner les victimes. Mais cette époque était révolue, on les considérait à présent comme des *clients*, expression qui déplaisait souverainement à Dusty et à laquelle elle avait longtemps résisté. Aujourd'hui, elle ne faisait même plus attention au terme, et la manière dont on désignait ses clients était aussi immatérielle à ses yeux que les malheurs dont ils étaient affligés. Qu'ils aient été victimes d'un vol, d'une agression ou d'un accident de la route, ces menus désagréments constituaient pour elle un simple vecteur, qui lui permettait d'étudier l'imperfection des gens. Et n'importe qui, à condition qu'on lui donne sa chance, se révélait capable d'un minimum d'imperfection. Sur ce plan, son expérience avait fait d'elle une vraie professionnelle.

Elles prirent le thé au salon et s'effondrèrent chacune de son côté au fond d'une balle de haricots — manœuvre que Mrs Ransome maîtrisait maintenant à la perfection mais qui, dans le cas de Dusty, releva plutôt de la culbute.

— Vous les avez achetées récemment ? demanda Dusty en épongeant le thé qui s'était renversé sur sa blouse. J'étais hier chez une autre cliente, la sœur de quelqu'un qui est dans le coma, et elle possédait les mêmes. À présent, Rosemary, j'aimerais que nous analysions tout cela ensemble.

Mrs Ransome se demanda ce qu'elle entendait au juste par là. Avait-elle voulu dire : « que nous revoyions tout cela ensemble » ? Même si elle augurait mal d'une fructueuse discussion, la première formulation sonnait comme une version plus rigoureuse, moins imprécise, de la seconde. « Plus structurée », aurait précisé Dusty si Mrs Ransome s'était hasardée à soulever la question — ce qu'elle ne fit pas.

Mrs Ransome lui décrivit donc les circonstances du cambriolage et l'étendue de leur perte, mais cela ne produisit pas sur Dusty l'effet auquel on aurait pu s'attendre, car le mobilier réduit qui était à présent celui des Ransome — les balles de haricots, la table pliante, etc. — apparaissait moins aux yeux de la conseillère comme une marque de dépossession que comme le choix délibéré d'un style.

C'était, en plus ordonné, le décor minimaliste qu'elle avait elle-même adopté pour son appartement.

— Le cadre était très différent, avant ? demanda-t-elle.

— Oh oui, dit Mrs Ransome. Nous avions beaucoup plus d'affaires. C'était une maison normale.

— Je sais que vous êtes en souffrance, dit Dusty.

— En souffrance ? dit Mrs Ransome.

— En *souffrance*, répéta Dusty.

Considérant la question, Mrs Ransome se demanda si son stoïcisme relevait uniquement de la grammaire.

— Oh, vous voulez dire : que je souffre ? Ma foi, oui et non. Je suppose que je me suis habituée à la situation.

— Ne vous y habituez pas trop vite, dit Dusty.

Laissez à votre chagrin le temps de s'exprimer. Vous avez pleuré, au moins ?

— Sur le moment, dit Mrs Ransome. Mais je me suis vite ressaisie.

— Et Maurice ?

— Maurice ?

— Mr Ransome.

— Oh... Non. Il n'a pas pleuré, je ne crois pas. Et puis, ajouta-t-elle comme si elle confiait un secret, c'est un homme, après tout.

— Non, Rosemary. C'est un être humain. Il est dommage qu'il ne se soit pas laissé aller, sur le moment. Les experts s'accordent à dire que lorsqu'on n'extériorise pas son chagrin, lorsqu'on l'enferme au fond de soi, il y a de fortes chances pour qu'à plus ou moins brève échéance, cela se termine par un cancer.

— Mon Dieu, dit Mrs Ransome.

— Bien sûr, poursuivit Dusty, les hommes gèrent moins bien le chagrin que les femmes. Je pourrais peut-être lui en toucher un mot, cela l'aiderait.

— Mr Ransome ? Oh non, non, répondit précipitamment Mrs Ransome. Je ne crois pas. Il est très... timide.

— En tout cas, dit Dusty, je suis sûre que je peux vous aider... ou que nous pouvons mutuellement le faire.

Elle se pencha pour saisir la main de Mrs Ransome mais s'aperçut qu'elle n'y parvenait pas et se contenta de donner une petite tape affectueuse à la balle de haricots.

— Les gens prétendent que cela s'apparente à un viol…, dit Mrs Ransome.

— Oui. Allez-y, Rosemary, laissez-vous aller.

— Mais moi, je n'ai rien ressenti de tel. J'étais simplement abasourdie, désorientée.

« Client en posture de dénégation », nota Dusty pendant que Mrs Ransome débarrassait les tasses. Elle hésita, et ajouta finalement un point d'interrogation.

Avant de prendre congé, Dusty suggéra à Mrs Ransome d'essayer de considérer cette expérience dans son ensemble comme le tournant d'un apprentissage : si elle atteignait l'un des points d'arrivée de ce tournant (qui en avait apparemment plusieurs), cela lui permettrait d'envisager la perte de leurs biens comme une sorte de libération — ce qui, dans le langage de Dusty, constituait « le syndrome du lys des champs » et se trouvait résumé dans l'adage : « À quoi bon amasser des trésors purement matériels ? » Cette pensée avait déjà effleuré Mrs Ransome, mais elle ne comprit pas immédiatement à quoi Dusty faisait allusion car celle-ci, pour désigner leurs affaires, employait le terme de « barda » — mot qui, dans l'esprit de Mrs Ransome, s'appliquait au contenu de son sac à main (rouge à lèvres, poudrier, etc.), qu'elle n'avait de fait nullement perdu. Quoique, *a posteriori*, elle admît qu'il était finalement assez pratique de réunir le tout — tapis, rideaux, meubles, bibelots — sous ce terme de « barda », qu'elle se serait du reste bien gardée d'employer devant son mari.

À dire la vérité (et bien qu'elle ne l'ait pas avoué à Mrs Ransome), Dusty n'était qu'à moitié convaincue en formulant un tel conseil. Plus le temps passait, et plus sa foi dans le syndrome du lys des champs allait en s'effritant. Deux ou trois de ses clients lui avaient affirmé que le cambriolage dont ils avaient été victimes leur avait permis de comprendre ce qui comptait vraiment dans la vie — et qu'ils attacheraient désormais moins d'importance aux biens matériels, qu'ils ne s'encombreraient plus d'une telle quantité d'affaires, etc. Six mois plus tard, lorsqu'elle était repassée pour une visite de contrôle, elle les avait trouvés dans un décor aussi surchargé qu'avant. Beaucoup de gens peuvent se passer d'un tas de choses, s'était dit Dusty : mais ils ne renonceront jamais à en acheter de nouvelles.

Mrs Ransome n'avait pas menti en disant à Dusty que ses affaires ne lui faisaient pas particulièrement défaut. Ce qui lui manquait — et c'était une impression plus malaisée à formuler —, c'était moins les objets eux-mêmes que les repères qu'ils constituaient dans sa vie quotidienne. Il y avait par exemple ce chapeau vert à pompon qu'elle ne portait jamais, mais qu'elle laissait toujours sur la table du hall pour se souvenir qu'elle avait branché le ballon d'eau chaude dans la salle de bains. Elle ne possédait plus ce chapeau à présent, ni la table où elle le posait d'ordinaire (le fait que le ballon n'ait pas été emporté relevait du miracle). À cause de ça, elle avait laissé à deux reprises le chauffage branché toute la nuit et Mr Ransome s'était ébouillanté le lendemain matin en se lavant les mains.

Ce dernier lui aussi avait dû renoncer à certains rituels. Il avait notamment perdu les petits ciseaux recourbés dont il se servait d'habitude pour tailler les poils rebelles de ses oreilles — et encore n'était-ce que l'une de leurs multiples fonctions. Sans être particulièrement coquet, il avait une petite moustache qui, si l'on n'y prenait garde, avait une fâcheuse tendance à virer au roux — phénomène que Mr Ransome tenait en échec en y appliquant régulièrement une touche infime de teinture pour cheveux. Il employait à cet effet un vieux flacon que Mrs Ransome avait acheté pour elle des années plus tôt, et abandonné presque aussitôt, mais qui était resté au fond de l'armoire à pharmacie. Mr Ransome, qui s'enfermait dans la salle de bains pour se livrer à cette minime opération, n'avait jamais ouvertement reconnu le fait ; et Mrs Ransome, de son côté, ne lui avait jamais avoué qu'elle était parfaitement au courant. Mais à présent, l'armoire à pharmacie avait disparu, et le flacon avec elle : et, comme on pouvait s'y attendre, la moustache de Mr Ransome ne tarda guère à afficher cette coloration orangée qu'il supportait si mal. Il aurait certes pu demander à son épouse de lui acheter un nouveau flacon, mais il aurait fallu pour cela lui avouer la pratique cosmétique à laquelle il s'était clandestinement livré, des années durant. Restait la solution d'acheter lui-même un autre flacon. Mais où ? Son coiffeur était polonais et, en dehors de quelques expressions techniques (en dégradé derrière, bien dégagé sur les côtés), sa maîtrise de l'anglais était passablement limitée. Un pharmacien compréhensif aurait pu faire l'affaire, mais ceux que connaissait Mr Ransome étaient tout sauf compréhensifs, leur personnel se composait le plus souvent de petites oies de dix-huit ans qui bayaient aux corneilles et qui, selon toute vraisemblance, se soucieraient comme d'une guigne des problèmes de moustache d'un client d'âge mûr.

Constatant avec déplaisir l'évolution de son système pileux dans le poudrier de son épouse, provisoirement remisé à la salle de bains vu qu'il n'y avait plus un seul autre miroir dans l'appartement, Mr Ransome pesta contre les vauriens qui lui infligeaient une telle humiliation. Et, étendue sur son lit de camp, Mrs Ransome se disait que la disparition de ces petites duperies conjugales n'était pas la moindre conséquence de leur cambriolage.

La compagnie d'assurances avait informé Mr Ransome que, tout en refusant de prendre financièrement en charge la location provisoire d'un lecteur de CD (qui n'était pas considéré comme un appareil de première nécessité), elle acceptait par contre de rembourser celle d'un téléviseur. Aussi, un matin, Mrs Ransome se rendit-elle dans un magasin spécialisé, où elle choisit le modèle le plus discret, qui fut livré et installé l'après-midi même. Jusqu'alors, elle n'avait jamais regardé la télévision pendant la journée, estimant vaguement qu'il existait de meilleures façons de s'occuper. Mais, après son départ, elle constata que l'installateur avait laissé l'appareil allumé : un couple d'Américains obèses était assis dans un studio, devant une Noire en tailleur-pantalon qui les interrogeait sur « la nature exacte de leur relation, sexuellement parlant ».

Affalé dans son siège, les jambes écartées, l'homme décrivait avec autant de précision que le lui permettait l'animatrice ce qu'il « attendait du mariage », pour reprendre ses termes ; tandis que son épouse, les bras croisés et les genoux serrés, mais trop adipeuse pour avoir de la classe, expliquait que « sans vouloir lui faire de procès d'intention, il avait toujours eu tendance à laisser le déodorant au placard ».

— Voilà ce qui s'appelle de l'expression corporelle, lança l'animatrice en pantalon, ce qui déchaîna les rires du public, à la grande perplexité de Mrs Ransome, qui ne voyait pas en quoi pouvait bien consister l'expression corporelle.

— Qu'est-ce qu'on ne ferait pas pour de l'argent, songea-t-elle en éteignant l'appareil.

Le lendemain après-midi, après avoir somnolé un moment sur sa balle de haricots, elle ralluma le poste et se retrouva devant un programme identique, présentant un autre couple tout aussi impudique, entouré du même public bruyant et chahuteur au milieu duquel, un micro à la main, déambulait une nouvelle animatrice — blanche cette fois-ci, mais aussi imperturbable que la première et tout aussi indifférente à l'impolitesse et à la grossièreté ambiantes, qu'elle semblait même encourager.

Ces animatrices — car elle s'était mise à regarder régulièrement les émissions — étaient toutes taillées sur le même modèle : grandes, hardies et beaucoup trop sûres d'elles, de l'avis de Mrs Ransome (elle se demandait si cela correspondait au terme de « speedées » qu'elles employaient sans arrêt, et aurait bien vérifié ce détail dans le dictionnaire de Mr Ransome, mais elle n'était pas sûre de l'orthographe). Leurs prénoms n'avaient rien de très féminin : Robin, Bobby, Troy... Certains, comme Tiffany, Page ou Kirby, étaient même inconnus de Mrs Ransome.

Les présentatrices et le public parlaient un langage que Mrs Ransome, du moins au début, trouvait difficile à comprendre, employant des expressions comme « difficulté parentale » et « relation interactive », « prendre son pied » et « optimiser sa vie sexuelle », langage qui témoignait d'une complicité aussi exubérante qu'affichée. « Je vois ce que tu veux dire », ou « Je connais tes difficultés », lançaient-ils en se pétrissant mutuellement les mains.

Il y avait Felicia, qui rêvait d'un échange sexuel tendre et prolongé, et son mari Dwight, dont les caresses brutales dénotaient le peu de compétences conjugales. Tous deux — on en convenait généralement — avaient besoin de parler et c'était ici, devant cette foule railleuse, avide de sensations, qu'ils avaient choisi de le faire — tombant finalement dans les bras l'un de l'autre et s'embrassant à pleine bouche pendant que le générique défilait, les lèvres soudées sous les rugissements approbateurs du public et le regard plus distant de la présentatrice, qui lançait un « Merci à tous » tandis que le couple continuait de s'embrasser.

Ce que Mrs Ransome ne parvenait pas à comprendre, c'est que les participants n'étaient jamais décontenancés, ni embarrassés, pas un seul ne semblait ne serait-ce qu'intimidé. Même le jour où l'émission avait été consacrée aux timides, aucun de ceux qui y prenaient part ne relevait de cette catégorie, au sens où Mrs Ransome l'entendait. Il n'y eut pas la moindre hésitation, aucune défaillance au sein de l'assistance : tous les participants, sans rougir le moins du monde, ne demandaient qu'à se lever pour venir exposer d'un air triomphant les blessures affectives et les absurdités auxquelles les avait conduits un manque exagéré de confiance en soi. Si privé, si intime soit le thème abordé, aucun de ces individus avides et braillards ne semblait éprouver la moindre honte. Au contraire, on aurait dit qu'ils rivalisaient entre eux en confessant des attitudes ou des comportements de plus en plus triviaux, choquants, indélicats. Un aveu outrageant en entraînait un autre et le public accueillait chaque nouvelle révélation avec des applaudissements et des trépignements sauvages, encourageant les participants, leur lançant des conseils et les pressant de confesser de nouvelles dépravations.

En de rares occasions, il est vrai, quelques personnes dans le public se montraient moins joviales, plus réservées, et semblaient même un instant sincèrement choquées à l'énoncé d'un aveu particulièrement monstrueux. Mais c'était uniquement parce que l'animatrice avait fait une grimace en douce au public dans le dos de son interlocuteur, provoquant ainsi leur réaction. L'animatrice était complice, estimait Mrs Ransome, et ne valait pas mieux que les autres. Il lui arrivait même d'outrepasser son rôle en rappelant aux participants certains détails croustillants, qu'ils lui avaient confiés avant d'entrer sur le plateau, dans la prétendue intimité de la salle de maquillage. Lorsqu'elle leur avait ainsi rafraîchi la mémoire, ils se lançaient dans une pantomime élaborée, censée traduire la honte qu'ils éprouvaient (ils baissaient la tête, plongeaient le visage dans leurs mains, apparemment secoués par un rire irrépressible) — tout cela pour manifester qu'ils ne s'attendaient pas que de tels secrets soient rendus publics, *a fortiori* devant les caméras.

Pourtant, Mrs Ransome se disait qu'ils valaient tous mieux qu'elle. Car ce qu'aucun de ces individus agités, glapissants — et la plupart du temps, passablement obèses — ne semblait mettre en doute, c'est que, ramené au niveau de base de ces émissions, tout le monde se ressemblait. La honte ou la retenue n'étaient donc pas de mise et affirmer le contraire, c'était se ranger dans le clan des snobs et des hypocrites. Mrs Ransome avait la certitude d'appartenir à la première catégorie, tandis que son mari relevait probablement de la seconde.

Le contenu de l'appartement était assuré pour un total de 50 000 livres. Cette somme était jadis bien inférieure mais en tant qu'avoué, et en homme prévoyant, Mr Ransome avait fait en sorte que la prime soit régulièrement relevée, en fonction du coût de la vie. En conséquence de quoi, ce modeste ensemble d'ustensiles, de meubles, d'appareils et d'installations domestiques avait vu sa valeur s'accroître lentement, au fil des années. La chaîne hi-fi et le Magimix, la ménagère, le service à salade en ruolz, les nappes et les serviettes, l'ensemble des articles dont les

Ransome étaient équipés sans avoir eu l'occasion de s'en servir — tout cela avait suivi sans broncher le cours de l'inflation. C'était du matériel solide, sobre, discret, acquis dans un but plus utilitaire qu'ornemental, et que les atteintes du temps — bris ou perte — n'avaient pratiquement pas entamé : nettoyé et astiqué avec soin trois décennies durant, tout était à vrai dire dans un état quasiment neuf, compte tenu du peu d'usage qui en avait été fait, et avait traversé les années sans incident — jusqu'à cette terrible soirée où l'assaut avait eu lieu, aboutissant à l'apparente extermination de ce banal assemblage d'objets sans prétention, et au cours de laquelle ce que Mrs Ransome appelait modestement leurs « affaires » s'était évaporé à jamais.

Quoi qu'il en soit, la compagnie d'assurances trancha et leur adressa dans les délais impartis un chèque couvrant le montant prévu par leur contrat, augmenté d'une prime inattendue, due à l'absence de toute réclamation antérieure et offerte à titre de dédommagement pour le préjudice et le choc psychologique qu'ils avaient subis.

— Ce supplément compense le traumatisme dont nous avons été victimes, dit Mrs Ransome en contemplant le chèque.

— Le terme de dérangement serait plus approprié, dit Mr Ransome. Nous avons été cambriolés, et non pas renversés par un autobus. Mais enfin, nous aurons toujours l'usage de cette petite rallonge.

Il était déjà en train d'élaborer un plan pour l'acquisition d'un ensemble stéréo ultra-perfectionné, à son digital haute définition, muni du tout nouveau lecteur de CD et d'une majestueuse paire d'enceintes, encastrées dans un meuble en acajou entièrement fabriqué à la main. Il allait pouvoir écouter Mozart dans des conditions dont il n'avait jamais bénéficié auparavant.

Mrs Ransome était tranquillement assise dans un fauteuil à bascule en rotin qu'elle avait déniché quelques semaines plus tôt chez un marchand de meubles, au fond d'Edgware Road. C'était un magasin où, avant le cambriolage, elle n'aurait jamais imaginé qu'elle mettrait un jour les pieds, débordant de meubles sans style, de peintures criardes, et flanqué à l'entrée de deux léopards en céramique grandeur nature. Un magasin populaire, se serait-elle dit naguère — comme une partie d'elle-même continuait de le faire —, mais il lui avait été recommandé par Mr Anwar : en tout cas, le fauteuil qu'elle y avait acheté était merveilleusement confortable et ne lui donnait pas mal au dos, contrairement à la bergère où elle s'asseyait d'ordinaire, avant le cambriolage. Maintenant qu'ils avaient reçu le chèque de l'assurance, elle se proposait d'acheter un siège équivalent pour Mr Ransome, sauf qu'entre-temps elle avait fait l'emplette d'un tapis sur lequel elle avait installé le fauteuil et dont le motif — représentant un éléphant —

brillait à la lueur de la lampe en cuivre qu'elle avait dénichée dans le même magasin. Les épaules recouvertes par un châle de prière afghan (d'après ce que lui avait dit Mr Anwar), elle avait l'impression, assise au milieu du salon vide au plancher nu, de se trouver sur un îlot exotique et lointain.

Pour le moment, l'îlot de Mr Ransome n'avait rien de paradisiaque : il était assis sur une simple chaise, devant la table pliante où Mrs Ransome avait déposé la lettre qui constituait leur seul courrier de la journée. Mr Ransome s'empara de l'enveloppe. Détectant une odeur de curry, il demanda :

— Qu'y a-t-il pour le dîner ?
— Un curry.

Mr Ransome retourna l'enveloppe. Il s'agissait vraisemblablement d'une facture.

— Un curry de quoi ?
— D'agneau, dit Mrs Ransome. Avec des abricots. Je me demande, ajouta-t-elle, si le blanc ne serait pas un peu audacieux...
— De quel blanc parles-tu ?
— Eh bien, dit-elle avec un soupçon d'hésitation, du blanc pour les murs. Dans toutes les pièces.

Mr Ransome ne répondit pas. Il était en train de lire la lettre.

— Inutile de trop s'exciter, dit Mr Ransome tandis qu'ils faisaient route vers Aylesbury, à bord de leur voiture. Il peut fort bien s'agir d'une nouvelle plaisanterie.

À vrai dire, ils n'étaient nullement excités et leur moral était à peu près aussi plat que la campagne environnante. Ils avaient à peine échangé un mot depuis qu'ils s'étaient mis en route. La lettre où Mr Ransome avait noté l'itinéraire au crayon était dépliée sur les genoux de son épouse. « Il faut tourner à gauche au rond-point », songea Mr Ransome.

— À gauche au rond-point, dit Mrs Ransome.

Lorsqu'il avait téléphoné le matin à l'entrepôt, c'était une voix féminine qui avait répondu. L'entreprise s'appelait *Vite fait Bien fait — Garde-meubles et Déménagements*. Tout cela n'inspirait rien de bon à Mr Ransome : il entrevoyait des ennuis et l'histoire lui donna raison.

— Vite fait Bien fait Garde-meubles et Déménagements, bonjour. Ici Christine Thoseby, que puis-je pour vous ?

Mr Ransome demanda qu'on lui passe Mr Ralston, qui avait signé la lettre.

— À la minute où je vous parle, Mr Ralston se trouve à Cardiff. Que puis-je pour vous ?

— Quand rentrera-t-il ?

— Pas avant la semaine prochaine. Il fait la tournée de nos dépôts. Que puis-je pour vous ?

En dépit de ses offres d'aide réitérées, Christine affichait le manque d'intérêt éprouvé d'une standardiste qui passe son temps à se vernir les ongles, et lorsque Mr Ransome lui expliqua qu'il avait reçu la veille une mystérieuse facture d'un montant de 334,36 livres, relative au dépôt de certaines affaires domestiques appartenant à Mr et Mrs Ransome, la seule réaction de la jeune femme fut un « Oui ? » aussi distant qu'interrogatif. Il entreprit de lui exposer les circonstances mais la simple allusion au fait que les affaires en question puissent avoir été volées suffit à tirer Christine de sa léthargie.

— Excusez-moi de vous interrompre, mais c'est très improbable. Sincèrement, je veux dire. Vite fait Bien fait est une maison honorable, fondée en 1977.

Mr Ransome essaya une autre tactique.

— Sauriez-vous par hasard si parmi ces affaires qui sont en dépôt chez vous figure un vieil équipement stéréo ?

— Je crains de ne pas pouvoir vous aider sur ce point. Mais si vous avez mis des objets en dépôt chez Vite fait Bien fait, leur liste doit figurer sur le C 47, dont vous avez sûrement un double. C'est un formulaire de couleur jaune.

Mr Ransome entreprit de lui expliquer pourquoi il ne possédait pas ce formulaire, mais Christine l'interrompit.

— De toute façon, je serais incapable de vous renseigner, parce que je suis à Newport Pagnell. C'est là que se trouvent nos bureaux. L'entrepôt, lui, est à Aylesbury. On peut s'installer n'importe où de nos jours, grâce aux ordinateurs. En fait, la seule personne qui pourrait vous aider, c'est

Martin, à Aylesbury. Mais je crois savoir qu'il sera absent une bonne partie de la journée, pour un travail à l'extérieur.

— Je me demande si je ne ferais pas mieux de me rendre à Aylesbury, dit Mr Ransome, pour voir de quoi il retourne au juste.

Cette proposition ne souleva pas chez Christine un enthousiasme débordant.

— Je ne suis pas en mesure de m'y opposer, dit-elle, mais il n'y a rien de prévu là-bas pour l'accueil des visiteurs. Ce n'est pas un chenil, ajouta-t-elle énigmatiquement.

Son mari lui ayant dit que l'entrepôt se trouvait dans un parc industriel, Mrs Ransome, peu familiarisée avec ce genre d'endroit, s'était imaginé un décor bucolique et verdoyant, un vaste jardin en quelque sorte, s'étendant devant une grande demeure élégamment adaptée aux nécessités modernes : la propriété comportait peut-être quelques ateliers, ainsi que des bureaux discrètement répartis au milieu des arbres. Au centre de ce complexe, elle s'était représenté un manoir de campagne où des femmes sveltes et élancées traversaient les terrasses, les bras chargés de dossiers, et où des dactylos s'affairaient dans des salons dorés sous des plafonds ornés de fresques. Si elle s'était donné la peine d'en rechercher l'origine, elle se serait aperçue que cette vision provenait en fait des films de guerre où l'on représentait la vie animée des châteaux français occupés par le haut commandement allemand, à la veille du débarquement.

Il était au fond préférable qu'elle n'ait pas révélé ces visions romantiques à Mr Ransome qui, gérant les affaires de plusieurs compagnies et par là plus au fait de la réalité, les aurait aussitôt réduites en fumée.

Ce fut seulement lorsque la voiture s'engagea sur une route circulaire et noirâtre, dénuée d'arbres mais bordée de petites usines, que Mrs Ransome, au milieu des terrains vagues et du béton, commença d'entrevoir son erreur.

— Le décor n'est pas très campagnard, dit-elle.

— Pourquoi devrait-il l'être ? dit Mr Ransome, qui s'apprêtait à tourner pour franchir des grilles métalliques, d'allure fort peu palladiennes.

— Nous y sommes, dit Mrs Ransome en regardant la lettre.

Les grilles se dressaient au milieu d'un mur de deux mètres de haut surmonté d'une triple rangée de fils barbelés, et l'endroit évoquait plus une prison qu'un parc domanial. Fixé sur une guérite vide, un plan peint en jaune et bleu sur une plaque métallique indiquait la situation des diverses entreprises qui se partageaient les lieux. Mr Ransome sortit et alla l'examiner, pour voir où se trouvait le Bâtiment 14.

« Vous êtes ici », précisait une flèche à l'extrémité de laquelle on avait grossièrement dessiné une paire de fesses.

Le Bâtiment 14 était situé quelques centaines de mètres plus loin à l'intérieur du périmètre — à l'endroit précis où se serait trouvé le nombril, si les fesses avaient été à la bonne échelle. Mr Ransome remonta dans la voiture et roula lentement, dans une obscurité croissante, jusqu'à ce qu'ils arrivent devant un long bâtiment bas, semblable à un hangar, muni d'une double porte coulissante peinte en rouge et dénué de la moindre enseigne. Une pancarte avertissait néanmoins que des chiens montaient la garde à l'intérieur. Aucun véhicule n'était garé devant le bâtiment et il n'y avait pas le moindre signe d'une quelconque présence.

Mr Ransome essaya de tirer la porte coulissante, n'espérant guère la trouver ouverte. Elle ne l'était pas.

— C'est fermé, dit Mrs Ransome.

— Pas possible, marmonna entre ses dents Mr Ransome.

Il longea la façade et tourna à l'angle du bâtiment, suivi plus lentement par Mrs Ransome, qui se frayait un chemin hésitant au milieu des gravats, du mâchefer et des touffes d'herbe étiques qui parsemaient le sol. Mr Ransome sentit soudain sa chaussure glisser sur quelque chose.

— Attention aux crottes de chien, dit Mrs Ransome. Il y en a partout.

Un escalier menait à une porte, au sous-sol, probablement celle de la chaufferie. Mr Ransome s'y rendit mais elle était également fermée.

— On dirait une chaufferie, dit Mrs Ransome.

Son mari racla sa semelle contre une marche.

— Ils pourraient tout de même montrer l'exemple, dit Mrs Ransome.

— Qui ? demanda Mr Ransome.

— Les chiens de garde.

Ils avaient pratiquement fait le tour du hangar lorsqu'ils aperçurent une petite fenêtre aux carreaux dépolis, derrière laquelle brillait une faible lumière. Elle était légèrement entrouverte et donnait vraisemblablement sur des toilettes : à travers les carreaux, sur le rebord intérieur de la fenêtre, Mrs Ransome distingua les contours flous d'un rouleau de papier hygiénique. Par une étrange coïncidence, il était bleu, bleu myosotis en plus — une couleur qui avait les faveurs de Mrs Ransome pour le choix de son papier-toilette et qu'il n'était pas toujours facile de se procurer. Elle se rapprocha, colla son visage aux carreaux afin d'en apercevoir davantage et remarqua soudain autre chose.

— Regarde, lança-t-elle à son mari.

Mais Mr Ransome ne regardait pas. Il écoutait.

— Tais-toi, dit-il.

C'était du Mozart qu'il entendait. À travers l'entrebâillement de la fenêtre des toilettes s'élevait la voix grave, profonde, somptueuse et les intonations identifiables entre mille de Dame Kiri Te Kanawa.

— *Per pietà, ben mio,* chantait-elle, *perdona all'error d'un amante...*

La voix montait dans la pénombre humide et se perdait dans les hauteurs, au-dessus du Bâtiment 14 de Vite fait Bien fait, puis du Bâtiment 16 (Croda Adhesives) et plus loin du Bâtiment 20 (Lansyl Selant Applicators plc). Les Bâtiments 17 à 19 étaient présentement inoccupés.

— *O Dio,* chantait Dame Kiri, *O Dio...*

Et le chant atteignait la route circulaire, les arbustes rabougris qui étaient plantés là et le filet d'eau vaseuse qui s'écoulait à travers une conduite en ciment pour se déverser un peu plus loin dans un pré à l'abandon, où un cheval famélique contemplait deux barriques dressées au pied d'un pylône.

Galvanisé par la voix de la chanteuse des antipodes, Mr Ransome grimpa le long de la gouttière et s'agenouilla, non sans peine, sur le rebord de la fenêtre. Se retenant d'une main à la gouttière, il parvint à repousser le battant de quelques centimètres et insinua la tête à l'intérieur, autant qu'il le pouvait, arrachant presque le rebord de la fenêtre au cours de l'opération.

— Attention, lança Mrs Ransome.

Mr Ransome se mit à crier :

— Ohé ! Ohé ?

Mozart s'interrompit et on entendit un bus passer dans le lointain.

Dans le brusque silence, Mr Ransome s'écria à nouveau, d'une voix presque joyeuse :

— Ohé !

Cela déclencha aussitôt un vacarme épouvantable. Des chiens se mirent à aboyer, une sirène d'alarme retentit, et Mr et Mrs Ransome se virent balayés, cernés, aveuglés par les faisceaux d'une demi-douzaine de projecteurs, braqués sur leurs frêles silhouettes. Pétrifié, Mr Ransome se raccrocha désespérément à la fenêtre des toilettes. Mrs Ransome se plaqua aussi étroitement que possible contre le mur, tandis qu'une de ses mains rampait (discrètement, espérait-elle) vers le rebord de la fenêtre, pour trouver quelque réconfort dans le contact du genou de son mari.

Puis, aussi brusquement qu'il avait commencé, le vacarme cessa. Les projecteurs s'éteignirent, la sirène expira et les aboiements des chiens décrurent, cédant la place à des grognements sporadiques. Tremblant toujours, en équilibre sur le rebord de la fenêtre, Mr Ransome entendit qu'on poussait une porte, puis des pas résonnèrent dans l'avant-cour et se rapprochèrent nonchalamment.

— Désolé, lança une voix masculine. Mesures de protection. Il faut bien repérer et décourager les voleurs.

Mrs Ransome fouillait l'obscurité des yeux, mais ne distinguait strictement rien, encore à moitié aveuglée par l'éclat des projecteurs. Mr Ransome se laissa glisser le long de la gouttière et se retrouva à ses côtés. Elle lui prit la main.

— Par ici, m'sieurs-dames.

En trébuchant, Mr et Mrs Ransome quittèrent le talus herbeux et s'avancèrent sur le sol en ciment. La silhouette d'un jeune homme se découpait dans l'encadrement de la porte.

Un peu ahuris, ils le suivirent à l'intérieur du hangar. En pleine lumière, ils formaient un couple pitoyable. Mrs Ransome boitait, ayant cassé l'un de ses talons, et ses bas étaient en lambeaux. Le pantalon de son mari était déchiré au genou : ses chaussures étaient constellées de crotte et une grosse tache noire lui barrait le front, à l'endroit où il s'était appuyé contre la vitre.

Le jeune homme leur sourit et tendit la main.
— Maurice, Rosemary... Enchanté. Je suis Martin.

Il avait un visage avenant et franc ; et, même s'il portait l'une de ces barbichettes qui avaient la faveur des jeunes et qui (de l'avis de Mrs Ransome) leur donnaient à tous des têtes d'empoisonneurs, il fallait reconnaître qu'il avait une certaine classe, pour un gardien d'entrepôt. Certes, il arborait l'une de ces casquettes qui étaient jadis le couvre-chef attitré des joueurs de golf américains mais que tout le monde semblait avoir adoptées de nos jours, ainsi qu'une mèche de cheveux nouée par un élastique qui pendait sur sa nuque comme une queue de rat. Et — là encore, comme tous les jeunes d'aujourd'hui — les pans de sa chemise flottaient par-dessus son pantalon. Mais ce qui lui donnait une certaine allure, aux yeux de Mrs Ransome, c'était l'élégance de son cardigan marron, qui n'était d'ailleurs pas sans ressemblance avec celui qu'elle avait acheté à son mari lors des soldes chez Simpson, l'année précédente. Une écharpe de soie jaune ornée de têtes de chevaux était négligemment nouée autour de son cou. Mrs Ransome avait également acheté à son mari un article identique, mais il ne l'avait mis qu'une fois, estimant que cela lui donnait l'air d'un voyou. Ce n'était nullement le cas de ce jeune homme, il avait du panache au contraire. Et Mrs Ransome se dit que s'ils récupéraient un jour leurs affaires, elle ressortirait l'écharpe de l'armoire et tenterait de convaincre son mari de faire un nouvel essai.

— Suivez-moi, dit le jeune homme en les entraînant dans un couloir nu et froid. C'est vraiment super de vous rencontrer enfin, lança-t-il par-dessus son épaule. Même si j'ai l'impression de vous connaître déjà, vu les circonstances.

— Quelles circonstances ? demanda Mr Ransome.

— J'en ai pour une seconde, dit Martin.

Mr et Mrs Ransome attendirent dans le noir, tandis que le jeune homme allait tirer un verrou.

— Un instant, lança-t-il, je branche l'éclairage.

Une lumière apparut dans la pièce située au-delà.

— Entrez, dit Martin.

Et il éclata de rire.

Sales, épuisés, éblouis par la lumière, Mr et Mrs Ransome franchirent la porte en titubant et se retrouvèrent dans leur appartement.

Il était exactement dans l'état où ils l'avaient laissé, le soir où ils étaient allés à l'opéra. Il y avait là leur tapis, leur canapé, leurs chaises à dossier droit, leur table basse en noyer plaqué aux bords crénelés et aux pieds incurvés, sur laquelle traînait le dernier numéro de *Gramophone*. La broderie de Mrs Ransome gisait sur le bord du canapé, à l'endroit où elle l'avait posée pour aller se changer, à six heures moins le quart, lors de cette mémorable soirée. On apercevait, sur la table gigogne, le verre dans lequel Mr Ransome s'était servi un doigt d'apéritif avant d'affronter le premier acte de *Così* : il était encore légèrement poisseux, comme Mrs Ransome put le constater en passant son doigt sur le bord.

Sur la cheminée, la pendulette offerte à Mr Ransome pour ses vingt-cinq ans de service chez Servey, Ransome, Steele and Co égrenait six heures et Mrs Ransome se demanda si l'heure était celle d'aujourd'hui, ou de cette soirée passée. Les lumières étaient allumées, telles qu'ils les avaient laissées. « C'est de l'électricité gâchée, je ne l'ignore pas, avait coutume de dire Mr Ransome, mais cela décourage les voleurs. » Le journal du soir traînait sur le guéridon de l'entrée, où Mr Ransome l'avait laissé à l'intention de son épouse, qui le lisait généralement le lendemain matin, en buvant son café.

À l'exception d'une assiette en carton où avait refroidi un reste de plat au curry que Martin glissa sous le canapé en marmonnant une vague excuse, tout était à sa place, jusqu'au moindre détail. Ils auraient pu se croire chez eux, à Naseby Mansions, St John's Wood, et non dans un hangar perdu d'une zone industrielle, au beau milieu du néant.

Les mauvais pressentiments qu'avait éprouvés Mrs Ransome au cours de l'après-midi s'étaient totalement dissipés : elle ne ressentait plus qu'une joie intense, allant et venant dans la pièce, saisissant çà et là un objet chéri avec un sourire reconnaissant et le brandissant parfois pour le montrer à son mari. Celui-ci, de son côté, se sentait presque ému, surtout après avoir aperçu son vieux lecteur de CD, sa bonne vieille chaîne hi-fi comme il avait tendance à l'appeler désormais : elle n'était plus vraiment à la pointe de la technologie, la pauvre, il fallait bien l'admettre — mais enfin, malgré son aspect démodé et un peu désuet, on pouvait toujours compter sur elle. Oui, cela faisait plaisir de la revoir... Il alla appuyer sur le bouton pour offrir à Mrs Ransome une petite bouffée de *Così*.

Contemplant la scène avec un sourire empreint d'une once de fierté, Martin demanda :

— Tout est en ordre ? J'ai fait de mon mieux pour remettre chaque chose à sa place.

— Oh oui, dit Mrs Ransome, c'est parfait.

— Étonnant, ajouta son mari.

Une idée effleura brusquement Mrs Ransome :

— J'avais laissé une marmite dans le four.

— Oui, dit Martin. C'était excellent.

— Ce n'était pas trop desséché ? demanda Mrs Ransome.

— Très légèrement, dit Martin en les suivant dans la chambre. Peut-être aurait-il mieux valu régler le thermostat sur 3.

Mrs Ransome acquiesça et remarqua sur la coiffeuse le morceau d'essuie-tout (elle se souvint qu'ils étaient à court de Kleenex ce jour-là) dont elle s'était servie pour tamponner son rouge à lèvres, trois mois plus tôt.

— La cuisine, annonça Martin comme s'ils ne connaissaient pas le chemin, alors que la disposition des pièces avait été scrupuleusement respectée et que chaque objet se trouvait à sa place exacte — à ceci près que la marmite, vide à présent, avait été lavée et déposée sur l'égouttoir.

— Je ne savais pas où elle allait, s'excusa Martin.

— Ce n'est pas grave, dit Mrs Ransome. Je la range ici d'ordinaire, ajouta-t-elle en ouvrant le placard qui jouxtait l'évier et en y enfournant l'objet.

— C'est bien ce que j'avais pensé, dit Martin, mais je n'ai pas voulu prendre le risque.

Il se mit à rire et Mrs Ransome l'imita.

Mr Ransome fronça les sourcils. Ce jeune homme était relativement courtois, quoique un peu familier, mais la scène se déroulait dans une atmosphère un peu trop détendue. Un cambriolage avait été commis, après tout, et il ne s'agissait pas d'un menu larcin. Toutes ces affaires avaient été volées. Et que fabriquaient-elles ici ?

Mr Ransome se dit qu'il était temps de prendre la situation en main.

— Une tasse de thé ? proposa Martin.

— Non merci, dit Mr Ransome.

— Oui, volontiers, dit Mrs Ransome.

— Ensuite, dit Martin, il faut que nous ayons une petite conversation.

C'était la première fois que Mrs Ransome entendait prononcer cette phrase dans la vie réelle et elle considéra le jeune homme avec un intérêt renouvelé : elle savait à quoi il faisait allusion. Tout comme Mr Ransome.

— Absolument, répondit celui-ci d'un air résolu, en s'asseyant à la table de la cuisine, bien décidé à ouvrir les hostilités en demandant à ce jeune homme un peu trop sûr de lui ce que signifiait tout ceci.

— À présent, dit Martin en tendant une tasse de thé à Mrs Ransome, peut-être allez-vous pouvoir m'expliquer ce que signifie tout ceci ? Avec tout le respect que je vous dois, comme on dit.

Cette fois, c'en était trop pour Mr Ransome.

— Peut-être, explosa-t-il, allez-vous pouvoir

m'expliquer, avec tout le respect que je vous dois, pourquoi vous portez mon cardigan ?

— Tu ne l'as jamais beaucoup mis, dit Mrs Ransome d'une voix placide. Ce thé est excellent.

— Ce n'est pas le problème, Rosemary. (Mr Ransome n'utilisait pratiquement jamais le prénom de son épouse, sauf pour lui clouer le bec.) Et il a aussi accaparé mon écharpe en soie.

— Celle-là, tu ne l'as jamais portée du tout. Tu prétendais qu'elle te donnait l'air d'un voyou.

— C'est justement ça qui m'a fait flasher, dit Martin d'un air enjoué. Ce côté voyou… Mais les meilleures choses ont une fin, comme on dit.

Sur ces mots, sans se presser (ni manifester beaucoup de remords, songea Mr Ransome), il ôta le cardigan, dénoua l'écharpe et les posa côte à côte sur la table.

Débarrassé de cette surcharge protectrice, le tee-shirt de Martin affichait à présent au grand jour le slogan dont ils n'avaient eu jusqu'alors qu'un aperçu partiel : « Retour d'une ex ? Mettez Durex ! », suivi de la mention entre parenthèses : *figure au dos.* Mr Ransome se pencha sur sa chaise pour cacher à sa femme ce croquis offensant. Mais celle-ci, par un mouvement inverse, recula légèrement.

— Nous avons porté certains de vos vêtements, je dois l'admettre, dit Martin. La première fois, j'avais enfilé votre pardessus marron, pour rigoler.

— Pour rigoler ? dit Mr Ransome, que le caractère humoristique de ce vêtement n'avait jamais frappé.

— Oui. Mais à présent, j'en suis entiché pour de bon. Il est génial.

— Mais il doit être trop grand pour vous, dit Mrs Ransome.

— Je sais, c'est pour ça qu'il est génial. Et vous avez des flopées d'écharpes. Cleo trouve que vous avez sacrément bon goût.

— Cleo ? dit Mrs Ransome.

— Ma copine.

Après avoir croisé le regard de Mr Ransome, dont les yeux dilatés brillaient de colère, Martin haussa les épaules.

— D'ailleurs, ajouta-t-il, vous nous aviez donné le feu vert.

Il alla au salon et revint avec un classeur, qu'il posa sur la table de la cuisine.

— Pouvez-vous m'expliquer, dit Mr Ransome avec un calme effrayant, comment il se fait que nos affaires se retrouvent ici ?

Et Martin le leur expliqua. À ceci près que ce n'était pas vraiment une explication et qu'ils ne furent guère plus avancés lorsqu'il eut terminé.

Il était arrivé à son travail un matin, environ trois mois plus tôt (« le 15 février », précisa gentiment Mrs Ransome), et après avoir déverrouillé les portes il avait découvert leurs affaires, installées comme dans leur appartement de Naseby Mansions et telles qu'ils les voyaient à présent — les tapis déroulés, les lumières et le chauffage allumés, l'atmosphère imprégnée d'agréables effluves en provenance de la cuisine.

— Bref, comme dans une vraie maison, ajouta-t-il en souriant.

— Mais vous avez bien dû vous dire que c'était pour le moins inhabituel ? rétorqua Mr Ransome.

— On ne peut plus inhabituel, dit Martin. Normalement, les affaires sont emballées dans des conteneurs scellés, entreposés dans la cour à l'arrière du bâtiment, jusqu'à ce qu'on vienne les chercher. Nous avons des tonnes de meubles en dépôt, ajouta-t-il, mais il peut s'écouler six mois sans que je voie l'ombre d'un fauteuil.

— Mais pourquoi les a-t-on entassées ici ? demanda Mrs Ransome.

— Entassées ? dit Martin. Vous trouvez qu'elles sont entassées ? C'est du grand art au contraire, un vrai poème…

— Alors, pourquoi ? lança Mr Ransome.

— Eh bien, en entrant ce matin-là, j'ai trouvé une enveloppe sur le guéridon de l'entrée…

— C'est là que je pose habituellement le courrier, intervint Mrs Ransome.

— Une enveloppe, poursuivit Martin, qui contenait 3 000 livres en espèces, destinées à couvrir pendant deux mois nos frais de gardiennage. Ce qui est bien supérieur à notre tarif habituel, je puis vous l'assurer. Et puis, ajouta-t-il en sortant une feuille du classeur, il y avait ceci.

C'était une page arrachée au *Calendrier gastronomique de Delia Smith*, où figurait la recette du ragoût que Mrs Ransome avait préparé cet après-midi-là et laissé dans le four. Au dos, on avait écrit : « Prière de tout laisser en l'état », suivi entre parenthèses de : « mais libre à vous d'en disposer ». Cette dernière précision était soulignée.

— Donc, en ce qui concerne votre pardessus, les écharpes, etc., il m'a semblé... (Martin hésita, cherchant le mot juste.) Il m'a semblé que j'avais votre *imprimatur*, en quelque sorte. (Il avait fait un bref passage à l'université de Warwick.)

— Mais n'importe qui aurait pu écrire ça, dit Mr Ransome.

— Et laisser 3 000 livres en espèces à côté ? dit Martin. Pas de danger. Mais j'ai tout de même pris la peine de vérifier. Personne à Newport Pagnell n'était au courant de cette affaire. Pas plus qu'à Cardiff ou à Leeds. J'ai demandé qu'on interroge l'ordinateur, mais cela n'a rien donné. Je me suis donc dit : Martin, ces affaires sont là, pour l'instant leur stockage est payé, pourquoi ne pas en profiter ? Et c'est ce que j'ai fait. Mon seul regret, c'est que votre choix de CD n'ait pas été un peu plus varié. J'ai cru comprendre que vous étiez un fan de Mozart ?

— J'estime néanmoins, dit Mr Ransome avec aigreur, que vous auriez pu pousser votre enquête un peu plus loin avant de disposer aussi légèrement de nos affaires.

— Je reconnais que la situation n'avait rien d'ordinaire, dit Martin. Mais je n'avais aucune raison de soupçonner... un coup fourré ?

Mr Ransome avait remarqué (non sans une certaine irritation) la manière dont Martin, à l'image de la plupart des jeunes, terminait ses phrases sur un ton interrogatif, parfaitement hors de propos. Il avait constaté la même habitude chez le coursier de son bureau, sans imaginer qu'elle s'était déjà répandue aussi loin que Aylesbury. (« Où allez-vous comme ça, Foster ? — Déjeuner ? ») Cette intonation avait quelque chose d'insolent, bien qu'il fût difficile d'expliquer en quoi, et agaçait profondément Mr Ransome (ce pourquoi Foster l'avait adoptée).

Martin, de son côté, ne semblait pas avoir conscience de l'irritation qu'il provoquait, il était d'une sérénité si inébranlable que Mr Ransome se demanda s'il n'était pas sous l'emprise de la drogue. Pour l'instant, le jeune homme était béatement assis à la table de la cuisine et discutait d'un air enjoué avec Rosemary, comme il l'appelait, tandis que Mr Ransome explorait l'appartement à la recherche d'objets ou de meubles endommagés, voire d'éventuelles déprédations.

— Il suffit qu'il décompresse un peu, déclara Martin tandis que Mr Ransome examinait le contenu des armoires.

Mrs Ransome ne voyait pas très bien ce que

les compresses venaient faire là-dedans, mais comprit en gros ce qu'il voulait dire et acquiesça en souriant.

— Nous avions l'impression de jouer à la cabane, dit Martin. Nous habitons au-dessus d'un pressing, Cleo et moi.

Mrs Ransome se dit que Cleo devait être noire, mais n'osa pas lui poser la question.

— En fait, dit Martin en baissant la voix (Mr Ransome s'était rapproché et comptait les bouteilles de vin dans le buffet du garde-manger), en fait, ça a même ravivé les choses entre nous. Le changement de décor, vous comprenez...

Mrs Ransome acquiesça d'un air entendu : c'était un sujet fréquemment abordé dans les émissions de l'après-midi.

— Votre lit est de première bourre, murmura Martin, le matelas a beaucoup de... comment dire... de répondant. (Il ponctua sa remarque d'un petit déhanchement.) Vous voyez ce que je veux dire, Rosemary ? ajouta-t-il avec un clin d'œil.

— Il est orthopédique, se hâta de préciser Mrs Ransome. Mr Ransome a des problèmes de dos.

— J'en aurais sans doute moi aussi, si je l'utilisais trop souvent, dit Martin. Je plaisante, ajouta-t-il en lui tapotant la main.

— Ce que je ne comprends pas, dit Mr Ransome en regagnant la cuisine alors que Martin avait toujours la main posée sur celle de sa femme (ce qu'il ne comprenait pas davantage), ce que je ne comprends pas, c'est comment les inconnus qui ont transporté nos affaires jusqu'ici ont pu se souvenir de l'emplacement de chaque chose avec une telle précision.

— Ne vous rongez plus les sangs, dit Martin.

Il se rendit dans le hall et en rapporta un album de photos. C'était un cadeau que Mr Ransome avait fait à Mrs Ransome à l'époque où il la poussait à se trouver un hobby. Il lui avait également acheté un appareil dont elle n'était jamais parvenue à comprendre le maniement, de sorte qu'il n'avait jamais servi, pas plus que l'album. Sauf qu'à présent celui-ci était rempli de photos.

— Béni soit le Polaroïd, commenta Martin.

Il y avait environ une douzaine de photos correspondant à chacune des pièces de l'appartement, dans l'état où elles étaient le soir en question : des vues générales, puis de chaque angle, un gros plan de la cheminée, un autre du bureau ; toutes les pièces et la moindre surface y étaient soigneusement reproduites, un peu comme l'aurait fait un assistant décorateur si leur maison avait servi pour le tournage d'un film.

— Mais notre nom ? dit Mr Ransome. Notre adresse ?

— Très simple, dit Martin. Ouvrez…

— N'importe quel tiroir, complétèrent en chœur Mr et Mrs Ransome.

— Tout de même, dit Mrs Ransome, toutes ces photos... Ceux qui ont fait ça, quelle que soit leur identité, n'étaient visiblement pas dans le besoin. Et l'appartement a l'air charmant, sur ces reproductions.

— Il *est* charmant, dit Martin. Et il va nous manquer.

— Non seulement les objets sont au bon endroit, dit Mr Ransome, mais la disposition des pièces a été respectée.

— Ils avaient sûrement apporté des cloisons avec eux, dit Martin.

— Mais il n'y a pas de plafonds, dit Mr Ransome d'un air triomphant. Ils n'ont pas réussi à les reproduire.

— Ils sont tout de même arrivés à accrocher le lustre, dit Mrs Ransome.

C'était effectivement le cas, il avait été suspendu à l'une des poutrelles du hangar.

— Eh bien, dit Mr Ransome, je pense qu'il est inutile de prolonger plus longtemps ce stade de la procédure. Je vais contacter ma compagnie d'assurances et leur dire que nos affaires ont été retrouvées. Ils se mettront ensuite en rapport avec vous pour qu'elles nous soient restituées. Je n'ai pas l'impression qu'il manque quoi que ce soit, mais cela demande à être vérifié de plus près.

— Oh, il ne manque absolument rien, dit Martin. Hormis peut-être un ou deux After Eight, mais il me sera facile de les remplacer.

— Non, non, dit Mrs Ransome. Ne vous donnez pas cette peine. Ils sont… sur le compte de la maison, ajouta-t-elle en souriant.

Mr Ransome fronça les sourcils. Lorsque Martin sortit pour aller chercher les diverses factures pro forma, il murmura à Mrs Ransome qu'ils allaient devoir tout faire nettoyer.

— Je n'ose pas penser à ce qui s'est passé ici, dit-il. Il y a un bout de serviette en papier sur ta coiffeuse, maculé de taches. Du sang, probablement. Et j'ai l'impression qu'ils ne se sont pas gênés pour dormir dans notre lit.

— Voici les formulaires, dit Martin. Un pour vous, un pour moi. Est-ce qu'on utilise le terme d'*effets* lorsque le propriétaire est encore en vie ? Ou seulement en cas de décès ?

— En cas de décès, uniquement, dit Mr Ransome d'une voix péremptoire. En ce qui nous concerne, c'est le mot *biens* qui s'impose.

— Effets…, répéta Martin. C'est pourtant un mot sympathique.

Dans la cour, avant leur départ, Martin embrassa Mrs Ransome sur les deux joues. Il avait à peu près l'âge qu'aurait eu leur fils, songea-t-elle, s'ils en avaient eu un.

— J'ai l'impression de faire partie de la famille, dit Martin.

Oui, songea Mr Ransome. Les choses se seraient passées ainsi, s'ils avaient eu un fils. C'était une idée aussi déroutante qu'irritante. Ils auraient été pris au piège, incapables de disposer d'une vie qui leur appartienne vraiment.

Il parvint tout de même à lui serrer la main.

— Tout est bien qui finit bien, dit Martin. Prenez soin de vous, ajouta-t-il en lui tapotant l'épaule.

— Comment avoir la certitude qu'il n'était pas dans le coup ? dit Mr Ransome lorsqu'ils furent remontés dans la voiture.

— Il n'a pas une tête à ça, dit Mrs Ransome.

— Ah oui ? Et quelle tête cela demande-t-il, selon toi ? As-tu déjà eu à traiter une affaire de ce genre ? En as-tu seulement entendu parler ? J'aimerais bien savoir à quel genre de tête tu penses.

— Nous roulons un peu trop vite, dit Mrs Ransome.

— Je vais devoir prévenir la police, évidemment, dit Mr Ransome.

— Ils n'étaient déjà pas très intéressés la première fois, cela m'étonnerait qu'ils le soient davantage à présent.

— Qui es-tu ?

— Pardon ?

— Je suis avoué. Mais toi, qui es-tu ? L'expert de service ?

Ils roulèrent un moment en silence.

— Bien sûr, je compte exiger des dédommagements. Pour compenser l'angoisse. Le choc psychologique. Les soucis occasionnés. Tout cela est quantifiable et devra être pris en compte dans le règlement final.

Il rédigeait déjà la lettre mentalement.

Le contenu de l'appartement revint en temps voulu à Naseby Mansions. Une carte punaisée sur l'une des caisses précisait : « Libre à vous d'en disposer. Martin », suivi de la mention entre parenthèses : « Je plaisante. » Mr Ransome insista pour que tout soit remis en place comme avant, ce qui se serait révélé malaisé s'ils n'avaient pas disposé, comme aide-mémoire, de l'album de photos de Mrs Ransome. Et même ainsi, les employés qui ramenèrent leurs meubles se montrèrent moins méticuleux que les cambrioleurs qui les avaient volés. Ils étaient en outre nettement plus lents. Néanmoins, une fois toutes les décorations réinstallées, les nappes lessivées, les tapis aspirés et les rideaux ramenés du pressing, l'appartement retrouva peu à peu son apparence antérieure et la vie reprit un cours que Mrs Ransome aurait jadis qualifié de normal, mais qu'elle hésitait maintenant à désigner de la sorte.

Au début des opérations, Mrs Ransome avait essayé d'installer son tapis et son fauteuil en rotin dans le décor désormais nettement moins spartiate du salon : mais, bien que le siège fût aussi confortable qu'avant, l'ensemble avait quelque chose de choquant et lui donnait l'impression d'être assise dans le rayon « meubles » d'un grand magasin. Aussi relégua-t-elle le fauteuil dans la chambre d'amis, où elle allait s'asseoir de temps à autre pour passer sa vie en revue. Mais ce n'était décidément pas la même chose et elle finit par donner le fauteuil au concierge, qui lui aménagea aussitôt une place de choix dans la pièce attenante à la chaufferie où il entamait depuis quelque temps l'exploration des livres de Jane Austen.

Mr Ransome vivait mieux la situation que son épouse : en effet, même s'il avait dû rembourser à la compagnie d'assurances le montant de leur premier chèque, il avait pu faire valoir que, ayant déjà commandé son nouvel équipement stéréo (ce qui était faux), il ne pouvait plus se dédire. La compagnie devait donc en tenir compte — ce qu'elle fit, lui permettant ainsi d'acquérir le matériel le plus sophistiqué en matière artistico-acoustique.

De temps à autre, au fil des mois qui suivirent, certaines traces de la brève occupation des lieux par Martin et Cleo refaisaient surface — une boîte de pilules contraceptives (vide) qui s'était égarée sous le matelas, un mouchoir qui s'était insinué dans un repli du canapé, ou, au fond d'un bibelot exposé sur la cheminée, un petit bloc dur et brun, enveloppé dans du papier aluminium. Mrs Ransome flaira tout d'abord cette substance avec suspicion ; puis, après avoir enfilé ses gants de ménage, elle alla la jeter dans la cuvette des W.-C., estimant qu'il s'agissait là de sa destination naturelle. Elle dut néanmoins s'y prendre à plusieurs reprises avant que la chose daigne enfin disparaître : assise sur le rebord de la baignoire en attendant que la chasse se remplisse, Mrs Ransome se demandait comment elle avait bien pu atterrir sur la cheminée. Peut-être s'agissait-il d'une plaisanterie, même si elle s'abstint d'en faire profiter Mr Ransome.

Des cheveux d'origine inconnue apparaissaient également à intervalles réguliers. Certains, longs et blonds, étaient indubitablement ceux de Martin ; mais d'autres, plus sombres et crépus, devaient appartenir à Cleo. La présence de ces résidus capillaires n'était pas également répartie entre les penderies respectives de Mr et Mrs Ransome : et, comme son mari ne lui avait pas fait la moindre remarque à ce sujet, Mrs Ransome supposait même qu'il n'en avait jamais trouvé aucun car, dans le cas contraire, il n'aurait sans doute pas manqué de le lui faire savoir.

Pour sa part, elle en trouvait de partout, nichés au milieu de ses robes, de ses manteaux, de sa lingerie... Des cheveux tant masculins que féminins, longs ou courts, au point qu'elle en vint à se demander à quelles activités ils avaient bien pu se livrer, dépassant les frontières ordinaires des genres et de la stricte utilité. Martin s'était-il coiffé avec ses culottes (elle trouva dans l'une d'elles trois de ses cheveux) ? L'élastique de son soutien-gorge était-il aussi lâche autrefois (deux cheveux à cet endroit, un blond, un foncé) ?

Assise un soir en face de Mr Ransome, coiffé de ses écouteurs, elle finit par songer avec sérénité, et une légère excitation, qu'elle avait partagé ses sous-vêtements avec un tiers. Et sans doute même avec *deux* tiers. « On ne dit pas deux tiers dans ce sens-là », lui aurait rétorqué Mr Ransome — ce qui était une raison supplémentaire pour ne pas aborder le sujet.

Il y eut néanmoins un témoignage de ce récent passé qu'ils ne purent éviter de partager, bien que sa découverte advînt par hasard. Ils avaient fini de dîner, un samedi soir, et Mr Ransome comptait enregistrer une diffusion en direct de *L'Enlèvement au sérail* sur Radio 3. Comme on ne passait jamais rien d'intéressant à la télévision le samedi soir, Mrs Ransome s'était installée pour lire un roman relatant une terne histoire d'adultère dans la région des Cotswold, tandis que son mari se préparait à enregistrer l'émission. Il avait mis dans l'appareil une cassette qu'il croyait vierge, mais en vérifiant ce dernier point il s'aperçut avec étonnement qu'elle était déjà enregistrée et débutait par une cascade de fous rires. Mrs Ransome releva les yeux. Mr Ransome laissa tourner la bande assez longtemps pour constater qu'il y avait deux personnes qui riaient, un homme et une femme, et comme ils ne manifestaient pas la moindre intention de s'arrêter, il s'apprêtait à couper le son lorsque Mrs Ransome l'arrêta :

— Non, Maurice. Laisse-la tourner. Cette cassette pourrait contenir un indice.

Ils continuèrent donc d'écouter en silence les rires qui se prolongeaient, presque sans interruption ; puis, au bout de trois ou quatre minutes, ils s'estompèrent, s'espacèrent et l'un des deux — impossible de deviner lequel — se changea peu à peu en une sorte de halètement essoufflé, qui se transforma à son tour en un grognement assourdi ; un long cri retentit ensuite, prolongé par une série d'exclamations saccadées, étouffées, aussi graves et appliquées que les premières étaient joyeuses. À un moment donné, le micro se rapprocha pour mieux capter un son si moite, si mouillé qu'il paraissait à peine humain.

— On dirait de la crème en train de bouillir, dit Mrs Ransome, tout en sachant fort bien que ce n'était pas le cas : la préparation de la crème anglaise demande rarement des efforts aussi intenses que ceux qui étaient apparemment déployés ici ; et a-t-on jamais entendu de la crème émettre des gémissements pressants, ou les cuisinières pousser de longs cris plaintifs lorsque la préparation monte et commence à déborder de la casserole ?

—Je ne pense pas qu'il soit indispensable d'écouter la suite, n'est-ce pas ? dit Mr Ransome.

Il appuya sur un bouton et passa sur Radio 3, tombant sur le silence respectueux qui précédait l'entrée en scène de Claudio Abbado.

Plus tard, alors qu'ils étaient déjà couchés, Mrs Ransome lui demanda :

— Ne crois-tu pas que nous devrions renvoyer cette cassette ?

— Pourquoi ? dit Mr Ransome. Elle est à moi. De toute façon, c'est impossible. Je l'ai effacée en enregistrant autre chose par-dessus.

C'était un mensonge. Mr Ransome avait effectivement eu l'intention de le faire, mais s'était dit que, à chaque nouvelle écoute, il se souviendrait de ce qui figurait autrefois sur la bande et que cela réduirait à néant la beauté du morceau. Il avait donc jeté la cassette dans la poubelle de la cuisine. Puis, y réfléchissant à nouveau tandis que Mrs Ransome se brossait les dents à la salle de bains, il avait changé d'avis et était allé farfouiller parmi les épluchures de pommes de terre et les vieux sachets de thé afin de la récupérer. Après l'avoir débarrassée d'une pelure de tomate qui s'y était collée, il avait dissimulé la cassette sur une étagère de la bibliothèque, derrière un exemplaire du *Turbot*, dans le recoin secret où il conservait également un dossier de photos montrant avec toute la précision nécessaire un certain nombre de performances sexuelles accomplies en plein air, dans une banlieue quelconque — héritage d'une affaire de divorce particulièrement épineuse dont il s'était occupé quelques années plus tôt, à Epsom. La bibliothèque avait bien sûr été transportée à Aylesbury avec le reste de leurs affaires, mais en était revenue intacte, Martin n'ayant apparemment pas découvert la cachette secrète.

En fait, il l'avait bel et bien dénichée : et c'était même la vue de ces photographies qui avait provoqué leurs fous rires, à Cleo et à lui, au début de la cassette.

Tout comme Martin, Mrs Ransome connaissait parfaitement l'existence de ces clichés : un jour où elle contemplait les étagères de la bibliothèque en se demandant ce qu'elle allait préparer pour le dîner, son regard s'était arrêté sur *Le Turbot*, dont le titre lui parut avoir une vague connotation culinaire. Elle avait soigneusement remis les photos dans leur cachette mais de temps en temps, tous les deux ou trois mois, elle allait vérifier qu'elles étaient toujours à leur place. Le fait de les retrouver au même endroit avait quelque chose de rassurant.

Et donc, depuis cet incident, lorsque Mr Ransome s'asseyait dans son fauteuil coiffé de ses écouteurs, il arrivait parfois que ce ne soit plus pour écouter *La Flûte enchantée*. Les yeux dans le vide, regardant distraitement sa femme plongée dans sa lecture, ses oreilles s'emplissaient des cris et des gémissements de Martin et Cleo, qui se faisaient écho et n'en finissaient plus de se répondre. Mr Ransome avait beau avoir écouté la cassette à de nombreuses reprises, il n'en finissait pas de s'étonner et de s'émerveiller du fait que deux êtres humains puissent se donner aussi totalement l'un à l'autre, et avec aussi peu de réserve. Le phénomène dépassait son entendement et relevait à ses yeux du miracle.

À force d'écouter aussi souvent la cassette, il finit par la connaître dans ses moindres détails, par en être aussi familier que d'un morceau de Mozart. Il reconnaissait la longue inspiration de Martin, qui marquait la fin d'une énigmatique transition (Cleo était alors à quatre pattes devant lui) avant le langoureux andante (petits miaulements de la fille) qui allait crescendo et se transformait en un percutant allegro (cris rauques des deux partenaires), cédant à son tour la place à une coda encore plus frénétique, un brusque rallentando (« non, non, pas encore », criait la fille avant de s'exclamer « oui ! oui ! oui ! ») suivi de halètements, de soupirs, d'un long silence et, enfin, d'un paisible ronflement. Bien que dénué de la moindre imagination, Mr Ransome s'était surpris à penser que, en rassemblant une collection de cassettes identiques, on parviendrait sans doute à partir de tels documents à établir l'équivalent pour le domaine sexuel de la classification de Köchel, et même à esquisser le développement d'une sorte de style propre aux relations charnelles, divisé en diverses périodes — prémices, apothéose, retombées —, en transposant l'appareil de la musicologie mozartienne et en l'adaptant à ces rythmes nouveaux, frénétiques, endiablés.

Telles étaient les pensées de Mr Ransome,

assis en face de son épouse — laquelle tentait une fois encore d'aborder l'œuvre de Barbara Pym. Elle savait fort bien que son mari n'était pas en train d'écouter du Mozart, même si aucun détail précis ne le trahissait — rien d'aussi trivial en tout cas qu'une protubérance dans les replis de son pantalon. Non, il y avait tout simplement dans le regard de Mr Ransome une sorte de tension, à l'opposé même de l'expression qui était la sienne lorsqu'il écoutait son compositeur préféré — une attention intense, douloureuse, comme s'il tendait l'oreille pour percevoir sur la bande un détail qui lui avait jusqu'alors échappé.

Mrs Ransome écoutait elle-même la cassette de temps à autre, mais comme elle ne disposait pas du confortable alibi de Mozart, elle cantonnait ses expériences auditives aux après-midi. Après avoir pris son escabeau pliant, elle sortait *Le Turbot* du rayon et retirait la cassette qui était cachée derrière. (Quant aux photographies, elles lui paraissaient aussi loufoques et risibles qu'à Martin et Cleo.) Puis, s'étant versé un petit verre de sherry, elle s'installait confortablement et les écoutait faire l'amour, s'émerveillant encore — au bout d'une douzaine d'écoutes — de la longueur et de l'opiniâtreté du processus, de la violence et de l'indécence de sa conclusion. Après quoi elle allait s'étendre un moment, en se disant que c'était sur ce lit que la scène avait eu lieu et en essayant une fois encore de se représenter son déroulement.

Hormis ces récurrentes et discrètes épiphanies, la vie reprit son cours normal, différant peu de ce qu'il était avant le cambriolage. De temps en temps, néanmoins, s'étant allongée sur le lit en cours de journée — ou le matin, avant de se lever —, Mrs Ransome sombrait dans une vague dépression et se disait qu'elle avait raté le coche — même si elle aurait été incapable de dire de quel coche il s'agissait et où il l'aurait emmenée. Avant leur voyage à Aylesbury et le retour de leurs affaires, elle avait fini par se convaincre que le cambriolage avait représenté une sorte d'aubaine, chaque jour apportant son nouveau lot d'aventures — une visite de Dusty, un détour chez Mr Anwar, une virée en haut d'Edgware Road... À présent, réinstallée comme une potiche au milieu de ses meubles, Mrs Ransome redoutait que ces menues diversions ne touchent à leur terme : la vie avait repris son cours normal, mais c'était une normalité pour laquelle elle ne ressentait plus le moindre attrait, et qui ne la satisfaisait plus.

Les après-midi, en particulier, se révélaient d'une tristesse et d'un ennui redoutables. Elle continuait, il est vrai, à regarder la télévision, sans être surprise comme au début par ce que recherchaient les gens, un peu envieuse au contraire (comme elle l'était à l'égard de Martin et Cleo). Elle finit par se familiariser avec le langage télévisuel, au point qu'il lui arrivait parfois de laisser échapper une expression triviale, rapportant par exemple un soir à son mari qu'il régnait un vrai foutoir ce jour-là dans le bus 74.

— Foutoir ? dit Mr Ransome. Où as-tu déniché ce terme ?

— Pourquoi ? demanda innocemment Mrs Ransome. Ce n'est pas le mot qui convient ?

— Pas dans mon vocabulaire.

Mrs Ransome songea que le temps était venu de rappeler la conseillère. Ce qui n'était jusqu'alors qu'une vague possibilité avait fini par devenir une nécessité. Elle essaya donc de joindre Dusty sur son portable.

— Désolé, mais Miss Briscoe n'est pas en mesure de répondre à votre appel, répondit un message enregistré, aussitôt interrompu par une voix plus humaine.

— Allô, Mandy à l'appareil. Que puis-je pour vous ?

Mrs Ransome expliqua qu'elle avait besoin de parler à quelqu'un, concernant le brusque retour de leurs affaires volées.

— J'éprouve des sentiments confus à ce sujet, ajouta-t-elle en essayant d'expliquer ce qu'elle ressentait.

Mandy semblait dubitative.

— Cela relève peut-être du syndrome du stress post-traumatique, dit-elle, mais je n'en mettrais pas ma main au feu. On n'arrête pas de nous bassiner avec ça, parce que nous arrivons au terme de l'exercice financier, et d'ailleurs cela s'applique essentiellement aux viols, aux meurtres et que sais-je encore... Il y a même des gens qui nous appellent simplement parce qu'ils ont passé un sale quart d'heure chez le dentiste. Vous n'avez pas l'impression que vos affaires sont sales, par hasard ?

— Non, dit Mrs Ransome. D'ailleurs nous avons tout fait nettoyer.

— Dans ce cas, si vous avez conservé les factures, je pourrais appeler Bickerton Road et m'arranger pour qu'ils vous en remboursent une partie.

— C'est inutile, dit Mrs Ransome. J'imagine que je finirai par faire face.

— C'est notre lot à tous, au bout du compte, dit Mandy.

— Que voulez-vous dire ? demanda Mrs Ransome.

— De faire face, ma chère. Ce sont les règles du jeu, n'est-ce pas ? Et d'après ce que vous me dites, ajouta Mandy, il semble que ce cambriolage ait été effectué avec beaucoup *de soin*.

Elle n'avait pas tort, à ceci près que c'était justement le côté soigneux de l'affaire qui faisait problème. S'il s'était agi d'un cambriolage ordinaire, la chose aurait été plus aisément surmontable. Mrs Ransome aurait sans doute réussi à accepter la disparition de tout ce qu'ils possédaient — à se montrer « positive » à ce sujet, et même à s'en féliciter. Mais cette disparition, couplée à la méticuleuse reconstitution puis à la brusque réapparition de leurs affaires, lui restait en travers de la gorge. Qui pouvait bien avoir voulu les détrousser à une telle échelle puis, une fois son forfait accompli, leur restituer le tout, en parfait état ? Mrs Ransome avait l'impression d'avoir été dépossédée deux fois : d'abord par la perte de ses biens ; puis de la possibilité de surmonter cette perte. C'était aussi injuste qu'insensé. Et elle se demandait si ce qu'elle vivait ne correspondait pas à ce que les gens ont en tête, lorsqu'ils parlent de « perdre le fil ».

Les Ransome avaient peu de correspondants. Ils recevaient de temps à autre une carte du Canada, où Mr Ransome avait des cousins maternels, qui restaient scrupuleusement en contact avec eux. C'était Mrs Ransome qui leur répondait, avec une égale platitude : le message du Canada excédait rarement quelques lignes (« Bonjour, nous sommes toujours là ») et sa réponse respectait la même règle (« Oui, nous aussi »). Mais, le plus souvent, le courrier consistait en factures et en documents professionnels : après les avoir ramassés dans la boîte aux lettres du hall, au rez-de-chaussée, Mrs Ransome se donnait rarement la peine de les regarder et les déposait sans les ouvrir sur le guéridon de l'entrée. Mr Ransome les récupérait à cet endroit et s'en occupait avant le dîner. Ce matin-là, elle venait d'accomplir ce rituel quotidien lorsqu'elle remarqua que la lettre du dessus provenait d'Amérique du Sud et qu'elle n'était pas adressée à Mr Ransome, mais à un certain Mr Hanson.

La chose s'était déjà produite une fois et Mr Ransome avait remis la lettre mal aiguillée dans la boîte du concierge, accompagnée d'un mot lui demandant — à lui ou au facteur — de se montrer un peu plus vigilant à l'avenir.

Moins tolérante qu'elle ne l'était jadis envers le caractère tatillon de son mari, Mrs Ransome ne tenait pas à ce qu'une telle scène se reproduise : aussi mit-elle la lettre de côté en se promettant, après le déjeuner, de monter au huitième et de glisser la lettre sous la porte de Mr Hanson. Au moins cela lui ferait-il une sortie.

Il y avait plusieurs années qu'elle n'était pas montée jusqu'en haut de l'immeuble. Des transformations y avaient été effectuées, elle le savait, car Mr Ransome avait écrit une lettre de protestation au propriétaire, pour se plaindre du vacarme que faisaient les ouvriers et des gravats qui traînaient dans l'ascenseur. Mais comme les locataires se succédaient sans cesse, il y avait toujours des travaux en cours quelque part dans le bâtiment et Mrs Ransome avait fini par considérer ces rénovations comme une donnée permanente de la vie. En émergeant de l'ascenseur, elle fut néanmoins surprise de constater à quel point le palier était aéré : on se serait cru dans un immeuble moderne tant il était spacieux, dégagé et lumineux. Contrairement au leur, d'un acajou sombre et vermoulu, le parquet avait été poncé et enduit d'un vernis très clair ; et, tandis qu'à leur étage les murs étaient piquetés de taches, ils étaient ici tapissés d'une moquette bleu clair qui étouffait le moindre son. En haut se découpait une lucarne octogonale, sous laquelle était placé un canapé également octogonal, destiné à lui faire pendant. Plus que sur le palier d'un appartement situé au dernier étage d'un immeuble, on se serait cru dans un hôtel ou dans un hôpital, tel qu'on en construisait de nos jours. Mais il n'y avait pas que la décoration qui avait été modifiée. Mrs Ransome se souvenait qu'autrefois plusieurs appartements donnaient sur cet étage : mais à présent il n'y en avait apparemment plus qu'un, les autres portes ayant disparu. Elle s'approcha de la dernière qui restait afin de s'assurer qu'elle ne se trompait pas, mais elle ne comportait ni plaque ni boîte aux lettres. Elle se pencha pour glisser sous la porte la lettre d'Amérique du Sud, mais la moquette était si épaisse qu'elle ne parvint pas à la faire passer. Au-dessus de Mrs Ransome, sans qu'elle s'en aperçoive, une caméra de sécurité (qu'elle avait prise pour une lampe) oscilla à plusieurs reprises comme un reptile maladroit et effectua une série de soubresauts silencieux, avant de la cadrer dans son viseur. Elle essayait encore d'aplatir la moquette lorsqu'un léger bourdonnement retentit : la porte pivota et s'ouvrit en silence.

— Entrez, dit une voix désincarnée.

Brandissant la lettre comme s'il s'agissait d'un carton d'invitation, Mrs Ransome pénétra dans l'appartement.

Il n'y avait personne dans l'entrée et elle attendit, un peu déconcertée, en souriant d'un air engageant au cas où quelqu'un l'aurait observée. L'entrée avait la même forme que chez eux mais elle était deux fois plus grande et, comme sur le palier, le parquet était beaucoup plus clair et les murs recouverts d'un léger dégradé. On avait dû abattre les cloisons, songea-t-elle, afin de faire la jonction avec la demeure voisine. Sans doute avait-on procédé de même avec celles d'à côté, pour que l'ensemble de l'étage ne forme plus qu'un seul appartement.

— Je vous apporte une lettre, dit-elle d'une voix plus forte que s'il y avait eu quelqu'un devant elle. On nous l'a remise par erreur.

Aucun bruit n'était perceptible.

— Je crois qu'elle vient d'Amérique du Sud. Du Pérou… J'espère que je suis bien chez Mr Hanson… Enfin, ajouta-t-elle en désespoir de cause, je la laisse ici et je m'en vais.

Elle s'apprêtait à poser la lettre sur un cube de plexiglas transparent qui semblait tenir lieu de table lorsqu'elle entendit derrière elle un bruit qui ressemblait à un soupir d'épuisement : elle se retourna et vit que la porte s'était refermée. Mais, simultanément, une autre porte s'ouvrit devant elle, avec un léger bruit d'expiration, et elle aperçut au-delà un second encadrement de porte, en haut duquel était fixée une barre perpendiculaire. À cette barre était suspendu un jeune homme.

Sans effort apparent, agrippé à la barre, il faisait des tractions en égrenant son score à voix haute. Vêtu en tout et pour tout d'un pantalon de survêtement et d'une paire d'écouteurs, il en était à sa onzième traction. Mrs Ransome attendit, brandissant toujours la lettre, sans trop savoir où poser son regard. Il y avait bien longtemps qu'elle ne s'était trouvée en présence d'un homme aussi jeune et aussi peu vêtu : le pantalon avait glissé sur ses hanches et elle distinguait l'étroite ligne de poils blonds qui remontait le long de son ventre musclé, jusqu'au nombril. Il commençait maintenant à se fatiguer et les deux dernières tractions lui coûtèrent un visible effort : après s'être écrié « 20 ! » d'une voix essoufflée, il s'immobilisa, haletant, une main encore agrippée à la barre, les écouteurs autour du cou. Il avait un léger duvet sous les aisselles et quelques poils naissants parsemaient sa poitrine. Une touffe de cheveux pendait sur sa nuque, comme Martin, sauf qu'elle était plus longue et nouée à son extrémité.

De sa vie, Mrs Ransome n'avait jamais vu quelqu'un d'aussi beau.

— Je vous ai apporté une lettre, répéta-t-elle. Elle est arrivée chez nous par erreur.

Elle la lui tendit, mais comme il ne faisait aucun geste pour s'en emparer, elle regarda autour d'elle, à la recherche d'un endroit où la poser.

Une longue table de réfectoire se dressait au

milieu de la pièce et un canapé presque aussi vaste était adossé au mur. Mais c'étaient bien les deux seuls objets que Mrs Ransome aurait pu qualifier de meubles. En dehors de ça, plusieurs cubes de plastique aux couleurs vives qui devaient à l'occasion servir de tables, ou peut-être de tabourets, étaient dispersés sur le sol. On remarquait aussi une grande pyramide en fer percée de nombreux trous, qui devait faire office de lampadaire, et une poussette d'autrefois équipée de pneus blancs et de gros ressorts cylindriques. Un harnais de cheval était accroché à l'un des murs et sur un autre figurait une toque d'officier de cavalerie, à côté d'une immense photo de Lana Turner.

— C'était une actrice, dit le jeune homme. L'agrandissement est un original.

— Oui, je me souviens d'elle, dit Mrs Ransome.

— Ah, vous l'avez rencontrée ?

— Oh non, dit Mrs Ransome. D'ailleurs, elle était américaine.

Le sol était recouvert d'une épaisse moquette blanche qui, d'après Mrs Ransome, devait se salir en un rien de temps, bien qu'elle n'aperçût pas la moindre tache. Avec sa baie vitrée qui occupait un mur entier et donnait sur une terrasse, la pièce ressemblait d'ailleurs moins à un intérieur privé qu'à la vitrine d'exposition d'un grand magasin. Un carré de tweed négligemment jeté en travers de la table venait apporter une touche ultime au décor.

Le jeune homme perçut son regard.

— Des photos de cette pièce sont parues dans certains magazines, dit-il. Mais asseyez-vous.

Il prit la lettre et s'installa à l'une des extrémités du canapé. Mrs Ransome s'assit à l'autre bout. Le jeune homme étendit ses jambes sur le siège et, si elle avait fait de même, il y aurait encore eu énormément d'espace entre eux. Il regarda la lettre, la retourna une ou deux fois, mais ne l'ouvrit pas.

— Elle vient du Pérou, dit Mrs Ransome.

— Oui, dit-il. Merci.

Et il la déchira, sans autre commentaire.

— Peut-être est-ce important, avança Mrs Ransome.

— Ça l'est toujours, dit le jeune homme en laissant tomber les débris sur la moquette.

Mrs Ransome regarda les pieds du jeune homme. Comme tout le reste de son corps, ils étaient d'une perfection absolue, les orteils n'étaient pas rabougris et crochus comme les siens ou ceux de Mr Ransome. Au contraire ils étaient longs, bien droits et même expressifs — comme si sur une simple injonction ils avaient pu se mettre à jouer d'un instrument de musique, par exemple, avec autant d'aisance que des mains.

— Je ne vous ai jamais croisé dans l'ascenseur, dit-elle.

— Je dispose d'une clef spéciale, qui m'évite de m'arrêter aux autres étages, dit-il en souriant. C'est assez pratique.

— Ça l'est moins pour nous, dit Mrs Ransome.

— C'est exact, dit-il en riant, sans paraître offensé. Mais je paie un supplément pour ce léger privilège.

— Je ne savais pas qu'on avait le droit de faire ça, dit Mrs Ransome.

— On ne l'a pas, dit-il.

Mrs Ransome songea brusquement qu'il devait s'agir d'un chanteur mais n'osa pas lui poser la question, craignant qu'il cesse de la traiter d'égal à égal. Elle se demanda aussi s'il n'était pas drogué. En tout cas, le silence ne semblait nullement lui peser et il restait allongé, détendu et souriant, à l'autre bout du canapé.

— Je vais vous laisser, dit Mrs Ransome.

— Pourquoi donc ?

Il se gratta l'aisselle puis fit un geste de la main, en désignant la pièce.

— C'est elle qui a conçu tout ça.

— Qui ?

Il montra les débris de la lettre.

— Elle a refait l'appartement. Elle est décoratrice. Ou du moins elle l'était. Elle s'occupe maintenant d'un ranch, au Pérou.

— Elle élève du bétail ? demanda Mrs Ransome.

— Des chevaux.

— Oh, dit Mrs Ransome. C'est bien. Il ne doit pas y avoir beaucoup de gens qui soient capables de faire ça.

— De faire quoi ?

— D'être décoratrice et puis... d'élever des chevaux.

Le jeune homme réfléchit à la question.

— Non, en effet, dit-il. Mais c'était son genre. Comment dire... sporadique... Qu'en pensez-vous ? ajouta-t-il en désignant la pièce. Ça vous plaît ?

— Eh bien, dit Mrs Ransome, c'est un peu étrange. Mais il y a de l'espace.

— Oui, c'est un très bel espace.

Ce n'était pas exactement ce que Mrs Ransome avait voulu dire. Mais le concept d'espace ne lui était pas tout à fait étranger car on en parlait beaucoup, l'après-midi, à la télévision — de l'espace dont les gens avaient besoin, de celui qu'ils étaient prêts à concéder et de celui sur lequel il n'était pas question d'empiéter.

— Elle a refait l'appartement, dit le jeune homme, et après, évidemment, elle est venue s'y installer.

— Vous avez donc eu l'impression... (Mrs Ransome aurait aussi bien pu s'exprimer pour la première fois en ourdou, tant ces mots lui semblaient étranges, prononcés par elle)... l'impression qu'elle avait envahi votre espace.

Le jeune homme pointa l'un de ses superbes pieds vers elle, en signe d'approbation.

— C'est exactement ce qu'elle a fait. Prenez ce satané landau...

— Je me souviens de ces poussettes, dit Mrs Ransome.

— Oui… Eh bien, *apparemment*, sauf que pour moi cela n'avait rien d'apparent, il n'était pas là en tant que landau, mais en tant qu'élément décoratif. Et qu'il devait impérativement être placé à ce fichu endroit. Et comme j'avais eu le malheur de le déplacer de dix centimètres, madame a piqué sa crise. Elle est allée jusqu'à me menacer de tout faire enlever. De vider l'appartement, de fond en comble. Comme si je m'en souciais. Mais peu importe, c'est de l'histoire ancienne.

Mrs Ransome songea que la géographie était peut-être concernée, elle aussi, puisque la décoratrice était partie au Pérou, mais garda ses réflexions pour elle. Elle acquiesça, au contraire.

— Les hommes n'ont pas les mêmes besoins que nous, dit-elle.

— Vous avez raison.

— Vous avez de la peine ? demanda Mrs Ransome.

— J'en ai eu, dit le jeune homme. Mais maintenant, j'ai pris un peu de recul. Je crois que c'était nécessaire.

Mrs Ransome l'approuva avec gravité.

— Elle devait être hors d'elle, dit-elle, prise de la brusque envie de lui saisir le pied.

— Écoutez, dit-il, cette femme était toujours hors d'elle.

Il regarda la baie vitrée.

— Quand vous a-t-elle quitté ?

— Je ne sais plus. J'ai perdu la notion du temps. Il y a trois ou quatre mois.

— En février, n'est-ce pas, dit Mrs Ransome.

Ce n'était pas une question.

— C'est cela.

— Hanson, Ransome…, dit-elle. Les deux noms ne sont pas exactement identiques mais j'imagine que lorsqu'on est originaire du Pérou…

Il ne comprit pas sa remarque — comment l'aurait-il pu ? — et elle lui raconta donc toute l'histoire, en commençant par leur retour de l'opéra ce soir-là, puis l'arrivée de la police et tout ce qui s'était déroulé ensuite, jusqu'à leur voyage à Aylesbury.

— Oui, dit-il lorsqu'elle eut terminé, cela ressemble bien à Paloma. Elle est tout à fait capable de ce genre de choses. Elle a un curieux sens de l'humour — que vous pourriez qualifier de sud-américain, je suppose.

Mrs Ransome acquiesça, comme si les lacunes qui émaillaient cette série d'événements pouvaient être imputées à l'insouciance bien connue des habitants de cette région du monde. Comparé à l'envoûtement de la pampa, à la longueur de l'Amazonie, aux lianes et aux piranhas, que représentait un malheureux cambriolage dans le nord de Londres ? Pourtant, une question la tracassait encore.

— Qui a-t-elle bien pu engager pour faire ça ? demanda-t-elle. Avec une telle méticulosité ?

— Oh, la réponse est simple. Elle a sûrement fait appel à des itinérants.

— Des itinérants ? dit Mrs Ransome. Vous voulez dire : des Gitans ?

— Non, des itinérants du spectacle. Des gens qui s'occupent des décors et des installations scéniques. Ils ont débarqué, pris des photos et démonté votre bazar, avant de le réinstaller à Aylesbury. Des décorateurs, probablement. Ils passent leur vie à faire ça, c'est leur métier. Ils ont l'habitude, aucun obstacle ne les rebute… du moment qu'on les paie en fonction. D'ailleurs, ajouta-t-il en contemplant le mobilier ascétique de la pièce, ça ne devait pas être un travail de titan. C'est un peu comme ici, chez vous ?

— Pas exactement, dit Mrs Ransome. C'est un peu… plus encombré.

Le jeune homme haussa les épaules.

— Elle avait les moyens, dit-il. Elle était riche. Quoi qu'il en soit, ajouta-t-il en se levant du canapé et en lui prenant la main, je suis désolé que vous ayez subi toutes ces tracasseries à cause de moi.

— Non, dit Mrs Ransome, tout s'est bien passé, vous savez. C'était un peu angoissant au début, mais j'ai essayé de voir le côté positif de la situation. Et je crois que cela m'a aidée à mûrir.

Ils se tenaient debout, à côté de la poussette.

— Nous avions la même, autrefois, dit Mrs Ransome. Mais nous ne l'avons pas gardée longtemps.

C'était une chose dont elle n'avait jamais parlé, depuis plus de trente ans.

— Pour votre bébé ? demanda le jeune homme.

— Il devait s'appeler Donald, dit Mrs Ransome. Mais nous n'avons pas eu le temps de le baptiser.

Sans mesurer l'importance de la confidence qu'on venait de lui faire, le jeune homme se caressa la poitrine d'un air pensif en raccompagnant Mrs Ransome jusqu'à l'entrée.

— Merci d'avoir éclairci ce mystère, lui dit-elle.

Et, après avoir tendu la main, elle effleura brièvement sa hanche — ce qui était probablement le geste le plus hardi de toute son existence. Elle s'attendait que le jeune homme tressaille, mais ce ne fut pas le cas. Et son expression ne changea pas davantage, il était toujours aussi détendu et souriant. Mais il dut tout de même se dire que les circonstances exigeaient une réaction sortant de l'ordinaire, car il prit la main de Mrs Ransome, la porta à ses lèvres et l'embrassa.

Quelques semaines plus tard, revenant un après-midi à Naseby Mansions après avoir fait ses courses, Mrs Ransome aperçut un camion garé devant l'immeuble. Et, en traversant le hall du rez-de-chaussée, elle croisa un jeune homme qui avait une toque d'officier sur la tête et un harnais autour du cou. Il charriait également une poussette.

— Il s'en va ? lui demanda-t-elle.

— Ouais, répondit le jeune homme en s'appuyant sur la poussette. Une fois de plus.

— Il déménage souvent ?

— Ma p'tite dame, ce type déménage comme d'autres changent de cravate. Tous ces machins — il désignait la poussette, la toque et le harnais — vont être mis au rancart. Cette fois, apparemment, nous aurons droit à un décor chinois.

— Laissez-moi vous aider, dit Mrs Ransome en saisissant le landau qu'il n'arrivait pas à faire passer dans l'encadrement de la porte : elle le poussa jusqu'au bord du trottoir et le balança doucement, tandis que le jeune homme chargeait les autres affaires dans le camion.

— Ça doit faire un bout de temps que vous n'avez pas manipulé un engin pareil, dit-il en le lui reprenant.

Elle resta un moment à côté de l'entrée, sur les marches du perron, ses achats à la main, et le regarda envelopper les meubles dans des couvertures en se demandant s'il faisait partie de l'équipe qui avait vidé leur appartement. Elle n'avait pas raconté à Mr Ransome le malentendu qui était à l'origine du cambriolage — en partie parce qu'il aurait fait des histoires et aurait à tout prix voulu monter au dernier étage pour en toucher lui-même un mot au jeune homme (« sans doute impliqué dans l'affaire, lui aussi », aurait-il prétendu). C'était une rencontre à laquelle Mrs Ransome n'aurait pas assisté sans un certain embarras. Comme le camion s'éloignait, elle fit un petit geste de la main et remonta chez elle.

Fin de l'histoire. C'était du moins ce que croyait Mrs Ransome — sauf qu'un dimanche après-midi, deux mois plus tard, Mr Ransome fut terrassé par une crise cardiaque. Mrs Ransome était à la cuisine, en train de charger le lave-vaisselle, lorsqu'elle entendit un bruit de chute. Elle se rendit au salon et trouva son mari étendu en travers du tapis, devant la bibliothèque, une cassette dans une main, une photo cochonne dans l'autre. L'exemplaire du *Turbot* gisait ouvert à côté de lui. Mr Ransome était resté conscient mais ne pouvait ni parler ni bouger.

Mrs Ransome eut les gestes qui convenaient, elle étendit une couverture sur le corps de son mari et lui glissa un coussin sous la tête avant d'appeler une ambulance. Elle espérait que, en dépit de sa prostration, son époux serait impressionné par son calme et son efficacité, mais lorsqu'elle le dévisagea, en attendant qu'on lui passe le service concerné, elle ne perçut aucune lueur de gratitude ni d'approbation dans son regard : il n'en émanait qu'une expression de terreur, à l'état pur.

Incapable d'attirer l'attention de Mrs Ransome sur la cassette qui était restée coincée dans sa main, et même de la relâcher, son mari assistait impuissant à la scène. Il vit son épouse ramasser à la hâte les photographies, tandis qu'une part de lui, au fond de son esprit, s'étonnait du peu de surprise ou d'intérêt qu'elle manifestait à l'égard de ces vieux clichés graveleux. Au dernier moment (on entendait déjà la sirène de l'ambulance qui s'approchait, le long du parc), elle s'agenouilla et extirpa la cassette de ses doigts engourdis, avant de la glisser d'un geste on ne peut plus naturel dans la poche de son tablier. Pendant un instant, elle garda sa main serrée dans la sienne (les doigts de son mari étaient restés dans la même position, comme s'ils tenaient encore la douteuse cassette) et songea que ce n'était plus de la terreur qu'elle percevait à présent dans son regard, mais de la honte. Elle lui sourit donc, et resserra la pression de sa main en lui disant : « Ça n'a pas la moindre importance. » Au même instant, les ambulanciers sonnèrent à l'entrée.

Mr Ransome n'avait pas tiré un grand bénéfice de toute cette histoire. Visiblement imperméable aux événements, il n'avait ni évolué, ni gagné en stature, contrairement à son épouse. S'il avait eu un chien, peut-être se serait-il montré sous un meilleur jour : mais Naseby Mansions avait beau présenter l'avantage d'être à côté du parc, ce n'était pas une vie pour un quadrupède d'être enfermé à longueur de journée dans un appartement. Une passion, un hobby quelconque lui aurait peut-être été bénéfique, autre que Mozart va sans dire, dont la recherche de l'enregistrement parfait ne faisait qu'accentuer le caractère tatillon et, plus généralement, le manque de chaleur de Mr Ransome. Non, pour apprendre à accepter les choses telles qu'elles se présentaient, il aurait mieux valu qu'il se lance dans un domaine artistique plus aléatoire, la photographie par exemple, ou l'aquarelle. La vie de famille lui aurait également apporté le désordre qui lui manquait : et même si, en apparence, Mrs Ransome avait été la seule à ressentir douloureusement la perte de leur petit Donald (et si Mr Ransome aurait de toute manière fait un père redoutable), la présence d'un fils aurait peut-être émoussé ses angles et rendu sa vie moins terne — alors que seuls l'ordre et le rangement avaient compté pour lui, dans son âge mûr. À bien y réfléchir, sans doute est-il puni à présent pour n'avoir pas voulu sortir de sa coquille : et s'il avait eu un enfant, peut-être cette coquille n'aurait-elle même pas existé.

À présent il gît inerte et immobile dans la salle des soins intensifs et le terme de « coquille » semble particulièrement adapté à son état. Il perçoit vaguement la voix de sa femme, à la fois proche et lointaine et qui résonne un peu, comme si son oreille aussi était une coquille et qu'il était tapi à l'intérieur. Les infirmières ont dit à Mrs Ransome qu'il entend vraisemblablement ses paroles et, songeant qu'il risque de ne pas survivre — moins à la crise cardiaque qu'à la honte et à l'humiliation qui l'ont accompagnée —, sa femme tient sur ce plan à clarifier les choses. Si nous parvenons à repartir du bon pied dans le domaine sexuel, songe-t-elle, peut-être finirons-nous par considérer cette attaque comme une bénédiction.

Aussi, un peu embarrassée par le fait que le dialogue va nécessairement se dérouler de manière unilatérale, Mrs Ransome entreprend de parler à son mari prostré — ou plus exactement, puisqu'il y a d'autres patients dans la salle, de lui chuchoter son discours au creux de l'oreille. Du coin de son œil gauche, Mr Ransome ne distingue que la courbe prévenante et légèrement poudrée de la joue de sa femme.

Elle lui explique qu'elle est au courant depuis des années de sa petite « cachotterie » et qu'il n'a nullement à en avoir honte — s'agissant, après tout, d'une simple affaire de sexe. À l'intérieur de sa coquille, Mr Ransome essaie de se représenter ce que signifie le mot « honte », il n'en est plus très sûr, pas plus que d'« affaire » ou de « sexe » : les mots lui semblent désormais détachés de leur sens. Après avoir manifesté son indulgence envers la cachotterie de son mari, Mrs Ransome, de son côté, semble avoir épuisé son vocabulaire affectif : n'ayant jamais réellement abordé ce genre de sujet, elle demeure un instant muette, comme si les mots lui échappaient. Mais l'inertie de Mr Ransome ne l'empêche nullement de souffrir et ils ont impérativement besoin de parler. Aussi, prenant sa main rigide dans la sienne, Mrs Ransome commence-t-elle à murmurer, en utilisant le langage dont elle comprend à présent qu'elle devait justement l'acquérir pour faire face à une éventualité de ce genre.

— J'éprouve une certaine difficulté à m'exprimer devant toi, Maurice, débute-t-elle. Nous ne nous sommes jamais beaucoup parlé, l'un et l'autre, nous avons toujours eu de la peine à le faire, mais nous allons l'apprendre, je te le promets.

Collant ses lèvres à l'oreille de son mari, elle aperçoit en gros plan la petite touffe de poils gris qu'il va régulièrement tailler avec les ciseaux recourbés, en s'enfermant dans la salle de bains.

— Les infirmières m'ont dit que tu allais réapprendre à parler, Maurice, et je serai à tes côtés pour le faire, nous allons réapprendre à nous parler, tous les deux.

Les mots tourbillonnent et s'insinuent dans l'oreille de Mr Ransome, sans qu'il les comprenne. Mrs Ransome parle lentement, elle a l'impression de donner sa bouillie à un bébé, à la petite cuillère : et tout comme on essuie sur les lèvres de l'enfant la nourriture qu'il rejette, Mrs Ransome a le sentiment qu'elle pourrait presque éponger, autour de son oreille, les grumeaux de phrases que son mari ne parvient pas à absorber.

Elle insiste pourtant, ce qui est tout à son honneur.

— Je ne cherche pas à te juger, Maurice, et d'ailleurs je ne vois pas de quel droit je le ferais.

Et elle lui raconte comment elle a, elle aussi, écouté la cassette en secret.

— Mais à l'avenir, Maurice, nous l'écouterons ensemble, nous nous en servirons comme d'un ingrédient, d'un piment supplémentaire dans l'exercice de nos devoirs conjugaux... Car lorsqu'un couple vieillit, mon chéri, il doit apprendre à faire des choix. Et s'il veut y trouver son bonheur, chacun doit y mettre du sien.

Le discours de Mrs Ransome se poursuit, elle qui n'ouvrait jamais la bouche autrefois dispose à présent d'un lexique exhaustif en matière de relations humaines, qu'elle déverse dans l'oreille de son mari. Elle lui parle de l'avenir, du sexe, et de la manière dont il peut être pratiqué dans la joie, sans contraintes, jusqu'au bord de la tombe. Et elle lui esquisse un avenir dans lequel cette activité sexuelle tiendra une place importante, lui expliquant qu'après son rétablissement ils mettront à profit leurs longues heures de repos pour mieux connaître leurs corps.

— Nous ne nous sommes jamais étreints, Maurice, ni même caressés. Nous le ferons, à l'avenir.

Hérissé comme il l'est de drains, de canules et de fils reliés à un écran, il se révèle tout aussi malaisé d'étreindre Mr Ransome dans son nouvel état de malade que lorsqu'il était bien portant, aussi Mrs Ransome se contente-t-elle de lui embrasser la main. Puis, après lui avoir fait partager sa vision d'un avenir charnel, communicatif et convivial, elle se dit qu'une petite dose de *Così* couronnerait idéalement le tout — et emporterait peut-être le morceau...

Et donc, en ayant soin de ne pas déloger l'un des nombreux fils dont est empêtré Mr Ransome — et dont la fonction n'a rien de distrayant —, Mrs Ransome le coiffe doucement de ses écouteurs. Avant de glisser la cassette dans l'appareil, elle la brandit devant ses yeux qui ne cillent plus.

— *Così*, articule-t-elle avant d'ajouter, à voix haute : *Mozart ?*

Elle appuie sur le bouton, en guettant sur le visage inexpressif de son mari le signe d'une réaction. Elle n'en aperçoit aucune. Elle augmente légèrement le volume, mais pas trop, *mezzo forte* disons. Mr Ransome, qui a entendu le mot « Mozart » sans comprendre s'il s'agit d'une personne, d'un objet ou d'un simple juron, subit à présent sans un geste une avalanche de sons qui ne lui évoquent strictement rien, qui n'ont pas plus de forme ou de sens que les feuilles d'un arbre, à ceci près que les notes tiennent la place des feuilles et que quelqu'un dans les branches (il s'agit de Dame Kiri) vient de se mettre à hurler. C'est déroutant. C'est éprouvant. C'est assourdissant.

Est-ce cet horrible et ultime constat — Mozart n'a plus de sens — ou parce que Mrs Ransome, n'apercevant toujours aucune réaction, décide de monter encore le volume ? Toujours est-il que les sons se mettent à vibrer dans l'oreille de

Mr Ransome, comme une ultime décharge. Et est-ce la conséquence de cette vibration — en tout cas, quelque chose se passe dans sa tête, la frêle poche où le sang s'était déversé explose soudain et Mr Ransome perçoit, plus violent et plus imposant que n'importe quel air qu'il avait pu jadis entendre, un immense rugissement au fond de ses oreilles. Après un brusque et rapide andante, il émet une faible toux et meurt.

Mrs Ransome ne remarque pas immédiatement que la main de son mari n'est plus seulement engourdie. Il serait d'ailleurs malaisé de s'apercevoir en le regardant, et même en le touchant, que quelque chose s'est produit. L'écran s'est modifié mais Mrs Ransome ne connaît rien à ces appareils. Néanmoins, comme Mozart ne semble pas produire l'effet escompté, elle ôte les écouteurs du crâne de son mari et c'est seulement en démêlant les différents fils qu'elle voit que quelque chose a bel et bien changé sur l'écran et qu'elle appelle l'infirmière.

Mrs Ransome avait souvent considéré son mariage comme une sorte de parenthèse et il n'est pas inopportun que la déclaration qu'elle fait à l'infirmière (« Je crois qu'il est parti ») figure ici entre parenthèses, elle aussi, que ce soit cette ultime petite parenthèse qui vienne refermer la première, beaucoup plus vaste. L'infirmière va vérifier l'écran, sourit tristement et pose une main compatissante sur l'épaule de Mrs Ransome. Puis elle tire les rideaux autour du lit et laisse le mari et la femme seuls ensemble, pour la dernière fois. Et donc, une fois refermée cette parenthèse ouverte trente-deux ans plus tôt, c'est en qualité de veuve que Mrs Ransome regagne son domicile.

Une pause appropriée s'ensuit. La télévision lui ayant enseigné les lois de la douleur et le travail du deuil, Mrs Ransome respecte cette pause. Elle s'accorde tout le temps qu'il faudra pour pleurer et surmonter sa perte. De façon générale, pour tout ce qui concerne son veuvage, elle ne commet pas le moindre impair.

Regardant en arrière, elle a le sentiment que le cambriolage et les divers événements qui lui ont succédé ont représenté pour elle une sorte d'apprentissage. À présent, se dit-elle, tout va pouvoir enfin commencer.

DU MÊME AUTEUR

Aux Éditions Denoël

LA MISE À NU DES ÉPOUX RANSOME, Denoël, 1999, *nouvelle édition*, 2010 (« Folio » n° 5301).

JEUX DE PAUMES, 2001.

SOINS INTENSIFS, 2006.

LA REINE DES LECTRICES, 2009 (« Folio » n° 5072).

Chez d'autres éditeurs

MOULINS À PAROLES, Actes Sud, 1992.

ESPIONS ET CÉLIBATAIRES : UN DIPTYQUE, Bourgois, 1994.

COLLECTION FOLIO

Dernières parutions

5522. Homère — *Iliade*
5523. E.M. Cioran — *Pensées étranglées* précédé du *Mauvais démiurge*
5524. Dôgen — *Corps et esprit. La Voie du zen*
5525. Maître Eckhart — *L'amour est fort comme la mort et autres textes*
5526. Jacques Ellul — *« Je suis sincère avec moi-même » et autres lieux communs*
5527. Liu An — *Du monde des hommes. De l'art de vivre parmi ses semblables.*
5528. Sénèque — *De la providence* suivi de *Lettres à Lucilius (lettres 71 à 74)*
5529. Saâdi — *Le Jardin des Fruits. Histoires édifiantes et spirituelles*
5530. Tchouang-tseu — *Joie suprême et autres textes*
5531. Jacques de Voragine — *La Légende dorée. Vie et mort de saintes illustres*
5532. Grimm — *Hänsel et Gretel et autres contes*
5533. Gabriela Adameşteanu — *Une matinée perdue*
5534. Eleanor Catton — *La répétition*
5535. Laurence Cossé — *Les amandes amères*
5536. Mircea Eliade — *À l'ombre d'une fleur de lys...*
5537. Gérard Guégan — *Fontenoy ne reviendra plus*
5538. Alexis Jenni — *L'art français de la guerre*
5539. Michèle Lesbre — *Un lac immense et blanc*
5540. Manset — *Visage d'un dieu inca*
5541. Catherine Millot — O Solitude
5542. Amos Oz — *La troisième sphère*
5543. Jean Rolin — *Le ravissement de Britney Spears*
5544. Philip Roth — *Le rabaissement*

5545.	Honoré de Balzac	*Illusions perdues*
5546.	Guillaume Apollinaire	*Alcools*
5547.	Tahar Ben Jelloun	*Jean Genet, menteur sublime*
5548.	Roberto Bolaño	*Le Troisième Reich*
5549.	Michaël Ferrier	*Fukushima. Récit d'un désastre*
5550.	Gilles Leroy	*Dormir avec ceux qu'on aime*
5551.	Annabel Lyon	*Le juste milieu*
5552.	Carole Martinez	*Du domaine des Murmures*
5553.	Éric Reinhardt	*Existence*
5554.	Éric Reinhardt	*Le système Victoria*
5555.	Boualem Sansal	*Rue Darwin*
5556.	Anne Serre	*Les débutants*
5557.	Romain Gary	*Les têtes de Stéphanie*
5558.	Tallemant des Réaux	*Historiettes*
5559.	Alan Bennett	*So shocking !*
5560.	Emmanuel Carrère	*Limonov*
5561.	Sophie Chauveau	*Fragonard, l'invention du bonheur*
5562.	Collectif	*Lecteurs, à vous de jouer !*
5563.	Marie Darrieussecq	*Clèves*
5564.	Michel Déon	*Les poneys sauvages*
5565.	Laura Esquivel	*Vif comme le désir*
5566.	Alain Finkielkraut	*Et si l'amour durait*
5567.	Jack Kerouac	*Tristessa*
5568.	Jack Kerouac	*Maggie Cassidy*
5569.	Joseph Kessel	*Les mains du miracle*
5570.	Laure Murat	*L'homme qui se prenait pour Napoléon*
5571.	Laure Murat	*La maison du docteur Blanche*
5572.	Daniel Rondeau	*Malta Hanina*
5573.	Brina Svit	*Une nuit à Reykjavík*
5574.	Richard Wagner	*Ma vie*
5575.	Marlena de Blasi	*Mille jours en Toscane*
5577.	Benoît Duteurtre	*L'été 76*
5578.	Marie Ferranti	*Une haine de Corse*
5579.	Claude Lanzmann	*Un vivant qui passe*
5580.	Paul Léautaud	*Journal littéraire. Choix de pages*

5581. Paolo Rumiz	*L'ombre d'Hannibal*
5582. Colin Thubron	*Destination Kailash*
5583. J. Maarten Troost	*La vie sexuelle des cannibales*
5584. Marguerite Yourcenar	*Le tour de la prison*
5585. Sempé-Goscinny	*Les bagarres du Petit Nicolas*
5586. Sylvain Tesson	*Dans les forêts de Sibérie*
5587. Mario Vargas Llosa	*Le rêve du Celte*
5588. Martin Amis	*La veuve enceinte*
5589. Saint Augustin	*L'Aventure de l'esprit*
5590. Anonyme	*Le brahmane et le pot de farine*
5591. Simone Weil	*Pensées sans ordre concernant l'amour de Dieu*
5592. Xun zi	*Traité sur le Ciel*
5593. Philippe Bordas	*Forcenés*
5594. Dermot Bolger	*Une seconde vie*
5595. Chochana Boukhobza	*Fureur*
5596. Chico Buarque	*Quand je sortirai d'ici*
5597. Patrick Chamoiseau	*Le papillon et la lumière*
5598. Régis Debray	*Éloge des frontières*
5599. Alexandre Duval-Stalla	*Claude Monet - Georges Clemenceau : une histoire, deux caractères*
5600. Nicolas Fargues	*La ligne de courtoisie*
5601. Paul Fournel	*La liseuse*
5602. Vénus Khoury-Ghata	*Le facteur des Abruzzes*
5603. Tuomas Kyrö	*Les tribulations d'un lapin en Laponie*
5605. Philippe Sollers	*L'Éclaircie*
5606. Collectif	*Un oui pour la vie ?*
5607. Éric Fottorino	*Petit éloge du Tour de France*
5608. E.T.A. Hoffmann	*Ignace Denner*
5608. Frédéric Martinez	*Petit éloge des vacances*
5610. Sylvia Plath	*Dimanche chez les Minton et autres nouvelles*
5611. Lucien	*« Sur des aventures que je n'ai pas eues ». Histoire véritable*

5612.	Julian Barnes	*Une histoire du monde en dix chapitres ½*
5613.	Raphaël Confiant	*Le gouverneur des dés*
5614.	Gisèle Pineau	*Cent vies et des poussières*
5615.	Nerval	*Sylvie*
5616.	Salim Bachi	*Le chien d'Ulysse*
5617.	Albert Camus	*Carnets I*
5618.	Albert Camus	*Carnets II*
5619.	Albert Camus	*Carnets III*
5620.	Albert Camus	*Journaux de voyage*
5621.	Paula Fox	*L'hiver le plus froid*
5622.	Jérôme Garcin	*Galops*
5623.	François Garde	*Ce qu'il advint du sauvage blanc*
5624.	Franz-Olivier Giesbert	*Dieu, ma mère et moi*
5625.	Emmanuelle Guattari	*La petite Borde*
5626.	Nathalie Léger	*Supplément à la vie de Barbara Loden*
5627.	Herta Müller	*Animal du cœur*
5628.	J.-B. Pontalis	*Avant*
5629.	Bernhard Schlink	*Mensonges d'été*
5630.	William Styron	*À tombeau ouvert*
5631.	Boccace	*Le Décaméron. Première journée*
5632.	Isaac Babel	*Une soirée chez l'impératrice*
5633.	Saul Bellow	*Un futur père*
5634.	Belinda Cannone	*Petit éloge du désir*
5635.	Collectif	*Faites vos jeux !*
5636.	Collectif	*Jouons encore avec les mots*
5637.	Denis Diderot	*Sur les femmes*
5638.	Elsa Marpeau	*Petit éloge des brunes*
5639.	Edgar Allan Poe	*Le sphinx*
5640.	Virginia Woolf	*Le quatuor à cordes*
5641.	James Joyce	*Ulysse*
5642.	Stefan Zweig	*Nouvelle du jeu d'échecs*
5643.	Stefan Zweig	*Amok*
5644.	Patrick Chamoiseau	*L'empreinte à Crusoé*
5645.	Jonathan Coe	*Désaccords imparfaits*
5646.	Didier Daeninckx	*Le Banquet des Affamés*

5647.	Marc Dugain	*Avenue des Géants*
5649.	Sempé-Goscinny	*Le Petit Nicolas, c'est Noël !*
5650.	Joseph Kessel	*Avec les Alcooliques Anonymes*
5651.	Nathalie Kuperman	*Les raisons de mon crime*
5652.	Cesare Pavese	*Le métier de vivre*
5653.	Jean Rouaud	*Une façon de chanter*
5654.	Salman Rushdie	*Joseph Anton*
5655.	Lee Seug-U	*Ici comme ailleurs*
5656.	Tahar Ben Jelloun	*Lettre à Matisse*
5657.	Violette Leduc	*Thérèse et Isabelle*
5658.	Stefan Zweig	*Angoisses*
5659.	Raphaël Confiant	*Rue des Syriens*
5660.	Henri Barbusse	*Le feu*
5661.	Stefan Zweig	*Vingt-quatre heures de la vie d'une femme*
5662.	M. Abouet/C. Oubrerie	*Aya de Yopougon, 1*
5663.	M. Abouet/C. Oubrerie	*Aya de Yopougon, 2*
5664.	Baru	*Fais péter les basses, Bruno !*
5665.	William S. Burroughs/ Jack Kerouac	*Et les hippopotames ont bouilli vifs dans leurs piscines*
5666.	Italo Calvino	*Cosmicomics, récits anciens et nouveaux*
5667.	Italo Calvino	*Le château des destins croisés*
5668.	Italo Calvino	*La journée d'un scrutateur*
5669.	Italo Calvino	*La spéculation immobilière*
5670.	Arthur Dreyfus	*Belle Famille*
5671.	Erri De Luca	*Et il dit*
5672.	Robert M. Edsel	*Monuments Men*
5673.	Dave Eggers	*Zeitoun*
5674.	Jean Giono	*Écrits pacifistes*
5675.	Philippe Le Guillou	*Le pont des anges*
5676.	Francesca Melandri	*Eva dort*
5677.	Jean-Noël Pancrazi	*La montagne*
5678.	Pascal Quignard	*Les solidarités mystérieuses*
5679.	Leïb Rochman	*À pas aveugles de par le monde*
5680.	Anne Wiazemsky	*Une année studieuse*

Composition Floch
Impression Novoprint
à Barcelone, le 9 décembre 2013
Dépôt légal : décembre 2013
1er dépôt légal dans la collection : septembre 2011

ISBN 978-2-07-044237-9./Imprimé en Espagne.

264411